わたし、聖女じゃありませんから
2
Watashi seijyojya arimasenkara
長月おと
illust. 萩原凛

ルッツ
聖女付き従者。
白いイタチの亜人で
イタチの姿になることができる。
リーンハルト
ドラゴンの姿になることができる竜人。
アマリア公国では英雄として
崇められている。
ステラ
冤罪で追放された元聖女。
リーンハルトと共に各国を旅する。

ギデオン
聖女付き神官。
クラウディアに対して過保護。
クラウディア
エムメルス神聖国の聖女。
神子の家系で、
代々瘴気を払う力がある。

「聖なる力よ、救いたまえ！」
クラウディアが水壁に手を当て、全力で神聖力を注ぎ込んだ。

わたし、聖女じゃありませんから 2

Watashi seijyojya arimasenkara

長月おと

illust.
萩原凛

わたし、聖女じゃありませんから 2

Watashi seijyojya arimasenkara

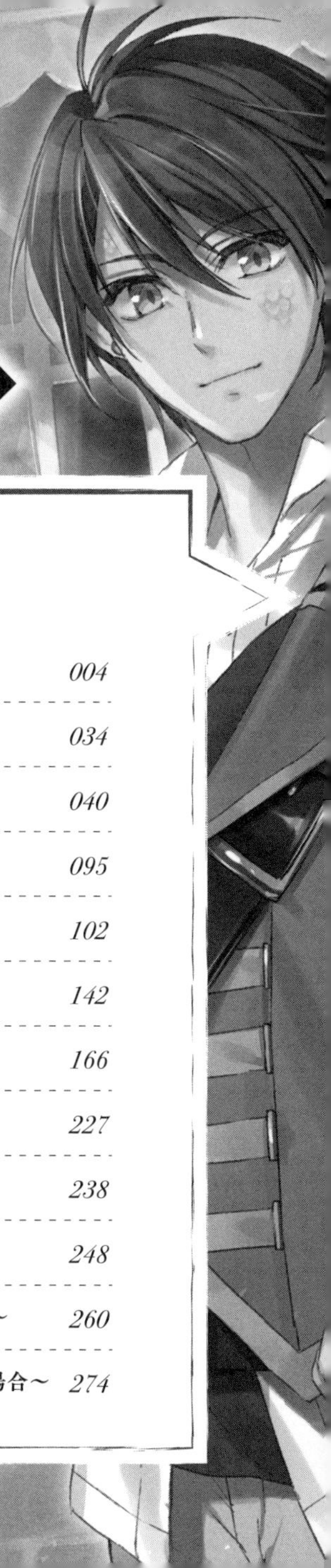

CONTENTS

第一章　エムメルス神聖国の聖女

「わぁ、どこも白くて綺麗」

亜麻色の髪を靡《なび》かせ、若葉色の瞳を輝かせながらステラは、訪れていた街並みを見て感嘆のため息を漏らした。色が統一された白亜《はくあ》の建物は太陽の光を受け止め、眩《まばゆ》い景色を作りだしている。その街全体が神聖なものだと主張している。

エムメルス神聖国。神を奉る、宗教国家だ。リンデール王国やアマリア公国のある大陸から海を越えたところにある、別の大陸にある大国だ。

「ここは魔物を寄せ付けないと信じられている宗教国家の首都だからな。魔物の黒とは対照的な白を多く使うようにしているのだろう。神聖なイメージで民を安心させたいという意図を感じる。だが政治的なイメージ戦略を抜きにして、色が統一された街並みは本当に綺麗だ」

感動して足が止まったステラの手を、旅のパートナーである竜人――リーンハルトがはぐれないように引き寄せた。彼の青い髪もまた彼女の髪と同じように靡き、黄金色の瞳を細めながら街の先を眺めている。

遥か昔この大陸は瘴気が濃く、魔物が溢れる大地だった。人は魔物の犠牲になるばかりで、生きていくには難しい世界だったという。

そこに神エムメルスが降り立ち、瘴気を浄化して人々を救ったと言われている。実際にエムメルス神聖国では過去にダンジョンができたという記録はなく、現在では出没する魔物の数もリンデール王国と比べて遥かに少ない。そういったことから最も安全な国と呼ばれ、平和を象徴する国として世界の各国に影響を与えている。

　また神に祈りを捧げることで平和をもたらす神の加護が受けられると信じられ、街には信徒だけではなく加護にあやかりたい商人や旅人の姿も多く見られた。

「とても活気があるね。エムメルスには王がいないって聞いていたけれど、きちんと街は整備され治安も良さそうに見える。不思議な感じ」

「平和を司《つかさど》るエムメルス神を信仰していることから、争いごとは神への冒涜《ぼうとく》になる。国を運営している神官も近隣諸国から満遍《まんべん》なく集められているから、その中で駆け引きはあっても独裁による悪政を敷かれる可能性は低いんだ」

　リーンハルトの話によれば、エムメルス神聖国は共和国体制をとり、力の均衡が崩れないようにお互い監視し合っているのだという。権力を独占しようとする国が出れば、他国によって早々に野心の芽が摘まれるため、領土を争うような戦争も起きたことがない。

　それでも全て平等というわけではなく、エムメルス神聖国を運営する神官にも階級がある。神官の上には神官長が存在し、頂点に神の子孫と呼ばれる存在――男性であれば聖人《せいじん》、女性であれば聖女とよばれる人間が絶対的象徴として君臨している。現在は聖女が象徴を務めているが、若い女性と噂されているものの年齢や容姿は非公表とのことだ。

　ステラ自身も二年前までリンデール王国の聖女を務めていたけれども、話を聞いてエムメルス神聖国の聖女は雲の上のような存在だと感じた。

　リンデール王国内だけでも、聖女の『清廉』なイメージを守るために色々な制約があった。エムメルス神聖国をはじめ、ひとつの大陸を統べる聖女ならば、求められるものもまた高度なものだろう。それを引き受ける聖女とはどんな人なのだろうかと、自然と思いを馳《は》せる。

「ステラ、どうかしたか？」

「う、うん。平和を重んじる国の加護ならとても効きそうだなって。加護が受けれるところってどこだろうって思っていたの」

　聖女に未練があるわけではないが、やはり耳にすると気になってしまう。

　リーンハルトが心配して顔を覗き込んでくるので、ステラは聖女への思いを頭の外へと追いやって笑顔を作った。

「たしか週に一度、各神殿で祈りを捧げてくれるはずだ。あとで調べてみないとな」

　そう言いながらリーンハルトは顔を綻ばせ、片耳につけている黄緑色の宝石ペリドットのピアスに触れた。

　それはステラがリーンハルトから逆さ鱗をもらったお礼に贈った物だ。

　ステラの瞳の色である若葉色と、リーンハルトの瞳の色である黄金色を混ぜ込んだような色の宝石を選んでいた。リング状のプラチナの台座にペリドットを嵌《は》めたデザインのピアスは、シンプルだがオーダーメイドの一級品。

　この国を訪れた理由のひとつとして、そのピアスに加護を与えてもらうという目的があった。

エムメルスの神官に祈りを捧げてもらうと、神の加護にあやかることができ、平和と幸せが訪れると信じられているのだ。

大切な人と楽しい時間を過ごしたい──そんな願いが叶うよう、ピアスに願いを込めたかった。

リーンハルトはステラが願ってくれるだけで十分嬉しいと言ってくれたが、彼女としては逆さ鱗をもらったことと比べたら、全く返し足りないくらいに思っていた。

「神官様にたっぷり祈ってもらおうね！」

「そうだ、祈ってもらうのならレイさんへのお土産も買って、それにも加護をもらったら良いんじゃないか？」

「確かに。じゃあ神殿に行くより先にお土産を探した方が良いかな？　次の加護の日までに決められるかな……」

「急がなくて良い。俺も実はこの国で調べたいことがあるからさ」

博学のリーンハルトが調べたいことというのが何かすぐに思い当たらず、ステラは首を傾げた。

「何を調べるの？」

「ドラゴンについての書物がないか本屋や図書館に寄ってみたいんだ。この国は歴史が長い分、蔵書量も多いはずだ。もしかしたらあるかもと思って」

「出会ったときにハルの体を蝕んでいた病について？」

ステラの問いにリーンハルトは神妙な表情で頷いた。

ふたりが出会うきっかけとなった、リーンハルトの命を脅かした病は未だに謎が多いままだ。

発病の原因は、瘴気の影響を受けたからなのか、魔力の使いすぎによる反動なのか、ステラの回復魔法以外に治療方法はないのか——など、知りたいことは多い。

リンデール国王の協力で過去の文献を調べたが、結局正確なことは分からずじまいだった。

「これから長くステラと共に生きるためにも再発を防ぎたい。それにいつか俺とステラの間に子どもができたとき、守りたいんだ。同じ苦しみを与えないためにも、知っておきたい」

「ハル……」

その思いはステラも同じだった。死にかけていた当時のリーンハルトの姿を思い出すたびに胸が痛む。回復魔法だけでは効かず、治癒魔法も使ってようやく治せた。実のところあらゆる治癒魔法を連続で使ったので、どの魔法が効いたのか彼女もよく分かっていない。

(万が一のことを考えたら、治し方も知っておきたい。もう一度回復魔法や治癒魔法について基本を見直しておいた方が良いかも)

これまで回復魔法に関しては感覚と経験に頼りきりで、魔法学の面から知識を蓄えてこなかった。図書館に行くのなら、自分はその分野について勉強し直そうと決めた。

「エムメルスにはいつもより長く滞在しよっか。ドラゴンの書物もレイ兄さんへのお土産もゆっくり探そうね」

「あぁ。だが、その前に観光だ。まずは楽しまないとな!」

リーンハルトは無邪気な笑顔を咲かせ、ステラの手を引く。大きくて力強い彼の手に導かれ、エムメルス神聖国での滞在が始まった。

◇◇◇

初日に主要部を観光したステラたちは、そのあとリンデール王国にいるステラの義兄レイモンドへのお土産探しをすることにした。伝達に特化したアマリアの鳥を通じて手紙のやり取りはしているが、彼とは最後に会ってから半年以上が経とうとしていた。結婚を決めたという報告をするためにも、エムメルス神聖国を訪れた次はリンデール王国に帰郷するつもりなのだ。

「うーん。難しい……」

文房具店の商品棚を前に、お土産の候補を眺めながらステラは頭を悩ませていた。

インク専用の綺麗なガラスのペンに、繊細な焼き印の模様が入った革の手帳カバーなど、数々の秀逸な品がこの店には充実していた。

（ガラスペンは綺麗だけれど、接客中にすぐに用意するには不便だよね。手帳カバーは手帳のサイズと違っていたら勿体ないし……悩むよぉ）

せっかく贈るのだから喜んでもらいたいのはもちろん、できるだけ実用的な物を選んであげたい。商家に勤めているレイモンドは接客や事務作業をすることが多い。文房具がピッタリと思い、選んでいた。

しかし確かに品揃えは素晴らしいけれども、決定打に欠けていた。

「ねぇ、ハル。男の人ってどんな物が貰えたら嬉しいの？」

文房具から一旦離れ、一般論を聞いて考え直すことにした。

しかしリーンハルトは少し困った様子で笑みを浮かべた。

「ステラから貰える物なら、俺はどんな物でも嬉しいからなぁ。レイさんも同じだと思うけど」

「全然参考にならないよぉ。じゃあ特に嬉しくなる物って何？」

「特に、かぁ……」

リーンハルトまで考え込んで、沈黙してしまった。本気でステラから貰える物なら何でも嬉しいタイプのようだ。それはそれで彼女も嬉しいが、レイモンドへのお土産は決まらない。

「ハル……」

「ごめん、ごめん。違う店も見てみよう。もしかしたら運命の品と出会えるかもしれないし。そうだな、文房具以外だとしたらネクタイピンとか服飾小物も見てみないか？」

「それ良いかも」

そうしてふたりは指を絡ませ、手を繋ぎながら店から通りへと出た。

「ふふふ」

「急に笑ってどうしたんだ」

「今はこうやって手を繋ぐことが当たり前になっているけれど、やっぱり良いなって改めて思って」

最初は周囲の景色に目移りするステラがすぐにはぐれそうになるため、迷子防止のために繋いでいた手。それが今では愛しい人と繋がっていたいから、という理由に形を変えている。ただ手のひらを重ねるような握り方から、指を絡めるような握り方に変わっているところも、ステラとしては幸せを感じる変化のひとつだ。

「ステラは手を繋ぐの好きだよね。寝るときもずっと手を繋いでいるし。俺としてはもっとくっついていたいんだが？」

そう言いながらリーンハルトは、ステラの頭に頬をすり寄せた。

リーンハルトの故郷——亜人の楽園アマリア公国の民は、愛情表現として互いに顔を擦り寄せる習慣がある。彼としては手を繋ぐよりも、故郷のやり方をもっと積極的に取り入れたいらしい。

けれども、ステラとしては人前だとまだ少し恥ずかしさが残る仕草でもある。

「ここは人通りが多いし……それにお店も探さなきゃ」

恥ずかしさを誤魔化すように笑って、近くの建物を適当に指さした。

するとリーンハルトは苦笑し、顔を離した。

「残念。確かにしっかり看板を確かめながら歩かないと、見逃しそうだな」

どの建物も白亜の色で似通っている分、お店の扉の前に銅板のエンブレムを飾ることで取り扱ってる商品が分かりやすくなるような工夫が施されている。エンブレムを目印に服飾小物を取り扱う店を探していると、通りの先に人だかりを見つけた。張り上げるような大きな声も聞こえ、騒々しい。

「ステラ、誰かが怪我をしているみたいだ。助けを求めている声が聞こえる」

「怪我……行こう！」

ステラとリーンハルトが駆け寄ると、人の輪の中心から「誰か回復魔法士を探して！」という若い女性の必死な声が聞こえた。

「すみません、診させてください！」

ステラが人だかりを割って入ると、可愛らしい少女と目が合った。

マリーゴールドのような明るいオレンジ色をしたアンバーの瞳に涙を浮かべ、ストロベリーブロンドの髪をふたつに分けて束ねている。年齢は十代半ばだろうか。修道女の服を着ていることから、エムメルス神聖国の信徒だと分かる。そして彼女の肩には白いイタチが乗っていた。

「何があったの？」

「野生動物に襲われて逃げてきたみたいなのです。でも呼びに行った最寄りの治療院には回復魔法士が不在で――足から血が止まりませんの」

少女の言う通り、彼女の膝元には太ももから血を流し苦しむ男性がいた。獰猛な獣に噛まれ引きちぎられたのか、傷口は深い。今は足の付け根を布で巻いて応急処置は施してあるが、出血が止まらない限り、このままでは命が危ない。

「大丈夫です。任せてください。《回復《ヒール》》」

動揺する少女を宥《なだ》めるように微笑みを向けて、ステラは回復魔法を発動させた。

淡い光が男の太ももを包み込み、あっという間に傷口を塞いでいく。ついでに見えない怪我があれば治るように、全身に行き渡るように魔力を循環させた。

回復魔法の光が消える頃には怪我をしていた男性の顔から苦悶の色が消え、すぐに意識を取り

戻した。

「傷跡ひとつ残らないなんて……しかも速いわ」

少女をはじめ、周りの人々は回復魔法の凄さに息を飲んだ。海を越えた別の大陸でも、ステラの回復魔法は桁違いらしい。

ステラは慌てて誤魔化すように笑った。

「思い切っていつもより魔力を込めてみたんですが、運よく効果がでたみたいですね。無事に治って良かったです」

すると周りの人は「偶然か」と納得しながら散開し、残ったのは少女と怪我をしていた男性、ステラとリーンハルトの四人となった。

怪我をしていた男性は、地面に座ったままステラたちに向けて深く頭を下げた。

「シスターに旅のお方……助けていただきありがとうございました。特に旅のお方には治療費をお支払いしなければなりませんのに、私にはご恩に見合うお金がないのです。どうお礼をしたら良いのか……」

やはり回復魔法はエムメルス神聖国でも貴重な力で、対価も高くなるらしい。無料で良いと言いたいところだが、そうすると逆に腰の低い男性をさらに恐縮させてしまいそうだ。

どの程度を求めれば男性は納得できるのか考えていると、少女が名乗りをあげた。

「では、わたくしが代わりにお礼を用意いたしますわ！」

「え!?」と、少女以外の三人の驚く声が重なった。

しかも少女は胸を張り、ひと肌脱ぎますと言わんばかりのやる気に満ちている。

ステラは困惑した。修道女の服を着ているが十代半ばに見える少女はまだ見習いに違いない。大人が支払いに困るほどのお金を、自立する前の少女から貰うわけにはいかない。

「大丈夫ですよ。無理のない金額でかまいません。そうですね、食事一回分の料金でどうでしょうか？」

慌ててそう言うと男性はホッとしたように財布からお金を出し、「本当にありがとうございました」と何度も頭をさげてから去っていった。

だけれど少女は去ることなく、ステラの手を両手で掴み、きらきらと輝く瞳を向けた。小柄な割に、握る手の力は強い。

「なんてお優しい旅のお方なのでしょう。是非わたくしからもお礼をさせてくださいませ！　先程のでは全然足りませんわ」

「そんな。十分だよ」

「エムメルスの民を救ってくださったのですから、神殿を代表してわたくしはお礼をしなければいけません。善を受けた分だけ善を返し、神に恥じない行動をしたいのです」

「その立派な気持ちだけでも、神様は感心していると思うよ？」

ステラは何度か断ろうとしたが、少女に引く気配はない。ぎゅうぎゅうとステラの手を握る力はますます強くなり、逃がそうとしない。

困惑し、リーンハルトに助けを求め目配せをする。

「ステラ、せっかくだから好意に甘えよう」

「ハル⁉」

助けてくれるどころか、少女の話に乗るリーンハルトに驚く。彼も見習い修道女の懐事情は知っているはずだというのに。

ステラは「ちょっと待ってて、逃げないから」と少女に念を押し、リーンハルトの腕を引いて少し離れたところで顔を寄せて小声で聞いた。

「どうして受けちゃうの？　あの子は見習い修道女だよ」

「俺の見立てでは、あの娘は普通の見習いではない。石の付いたブレスレットをしている。しかも石にはエムメルスの紋章が刻まれているんだ」

そう言われ腕まくりされた少女の手元を遠目で見れば、キラリと光る青い石の付いた金色のブレスレットが見えた。

ステラは怪我人に意識が向いていて、言われるまで気が付かなかった。さすがに小さくて彼女の位置からは紋章の有無は分からないが、視力の良いリーンハルトが言うのなら間違いない。

神殿や教会に属する者は清廉を心がけており、自ら贅沢をすることは避けている。捧げ物を直接受け取れるような上位の神官ならともかく、見習いの立場ならばアクセサリーはおろか私財もほとんど持てないはずだ。

(紋章が刻まれているということは、割れやすいガラスじゃなくて宝石のはず。その上ブレスレットが金で作られているところを見ると、安価な物ではないわね)

値が張りそうなアクセサリーを持っていることから、少女は貴族出身の可能性がでてきた。言葉遣いも高貴な身分の人間が使うものに近い。

（こんな子がひとりで街を歩いていて、目をつけられたら危ない。あとで神殿まで送った方が良いってことよね？）

リーンハルトの意図に気付き、ステラは少女にニッコリと微笑みを向けた。

「ハルの言う通り、あなたからお礼を受け取ろうかな？」

「ありがとうございます！　お礼は何にいたしましょう♪」

少女は可愛らしい顔《かんばせ》に満面の笑みを浮かべ、無邪気に喜んだ。

「ご飯を一食だけ奢ってくれないかな？　私たちエムメルスに観光しに来ていて、先日入国したばかりなの。美味しいところを教えてくれると嬉しいんだけど」

「そんなことで良ければお安い御用です。ご案内いたしますわ。さぁ、こちらです」

少女が案内してくれたお店は二階建ての上品なレストランだった。煌《きら》びやかな照明が昼間から輝いており、騒がしい酒屋とは違って落ち着いた雰囲気の店内だ。

ステラとリーンハルトは冒険者の服のまま。浮いてしまわないか不安に思ったものの、用意された席は個室だった。ホッと安堵しながら、席に着いた。

少女は慣れた様子でメニューのページを開き、ステラたちに渡した。

「ここは大陸中の旬の食材が味わえるお店なんですの。特に隣国のチーズを使ったオーブン料理がおすすめですわ。メニューの名前から、どのような料理か分からないものがあれば気軽にお聞きくださいませ」

「そうなんだね。どうしようかな」

受け取ったメニュー一覧を見るが、少女の言うように種類が豊富でとてもひとりでは選びきれない。隣に座るリーンハルトに聞こうと顔を見上げると、彼はメニュー表越しにじっと少女を見つめていた。

ステラの胸の奥は小さな棘が刺さったように痛んだ。

見習い修道女は美少女といっても過言でないほど、愛らしい容姿をしている。日に焼けてない白い肌に、大きな瞳を囲むまつ毛は長い。ストロベリーブロンドの髪も甘い色で、彼女の可憐な容姿を引き立たせている。同性のステラも目を奪われる可愛らしさを持っていた。

異性であるリーンハルトが思わず見つめてしまうのは仕方のないことだと頭では理解しつつも、心はそう簡単に納得してくれない。

(ハルが心移りするような人でないのは分かっているけれど、モヤモヤする……嫌だな)

テーブルクロスの影で彼の裾を引っ張り、「見すぎ」と声に出さず口だけを動かして抗議する。

するとリーンハルトはわずかに瞠目したあと、クスリと小さく笑った。

「妬いてるのか?」

「――っ」

「俺がステラ以外に心を奪われることはないよ」

ステラのヤキモチが嬉しいらしく、リーンハルトは黄水晶の目元を細め囁《ささや》いた。少し低い声が響き、耳元が急に熱くなった。ホッと安堵するよりも、心臓の鼓動は速まる。

「彼女に気になることがあって……」

リーンハルトは一度言葉を区切ったあと、神妙な表情を少女へと向けた。

「少女よ……あなたはただの修道女ではないのだろう？」

「どうしてそのように？」

少女は少し驚いたような表情をしつつも、否定しない。

「あなたからは不思議な気配がする。人間とも亜人とも、魔物とも違う気配が……神の力を受け継ぐ者――エムメルス神聖国の聖女ではないかと疑っている」

リーンハルトが少女を見つめていた理由は、謎の気配の正体を見極めるためだった。

「まぁ、見抜かれてしまいましたわ！　その通りでございます」

「本当なの⁉」

あまりにも簡単に聖女であることを肯定されてしまい、ステラは驚きを隠せない。

「ふふふ、驚かせてしまいましたわね。気配だけで見抜かれるなんて初めてですわ」

「腕につけているブレスレットも、普通の神官や修道女じゃ身に着けられない代物だろう。それにここに移動するまでに護衛らしき気配がついてきた。今も店の外で待機していることから、特別な身分だと推察させてもらった」

「え⁉　護衛がついてきているんですの？」

聖女は正体を見抜かれたとき以上に驚いた。護衛に関しては本人も知らなかったようだ。

しかし彼女はすぐに微笑みを取り戻した。

「ご推察の通り、ブレスレットは神殿内で聖女であることを証明する印ですの。せっかくですわ、おふたりのお名前を先に聞いても宜しいですか？」

「俺はリーンハルト、隣の彼女はステラ。俺たちは世界中を旅している冒険者だ」

聖女は「まぁ、旅を！」と無邪気な声をあげて表情を明るくしたあと、椅子から立ち上がり胸の前で手を組んだ。

「申し遅れましたわ。わたくしエムメルス神聖国の今代の聖女・クラウディアでございます。齢は今年十四を迎えました。肩に乗っている白イタチは従者のルッツですわ。ルッツ――」

促され、白イタチがクラウディアの肩から飛び降りる。すると床に着地する前にイタチの姿から、クラウディアと変わらぬ年頃の人の姿へとその身を変えた。

真っ白な髪は後ろだけ少し長く、頭には白く丸い耳が載っている。瞳は闇を少し溶かし込んだような深みのある赤で、ややつり目の少年は見習い神官の制服を着た胸に手を当てて恭しく頭を垂れた。

「聖女付き従者のルッツです。この度はクラウディア様の助けを求める声に応えてくださり感謝いたします」

「ルッツはイタチの亜人ですの。ぞろぞろと護衛を引き連れて街は歩けませんから、普段は目立たないようにイタチの姿でわたくしの護衛をしてくれているのです。ちょうど肩に乗る小ささですから、本来は強い亜人だと誰からも気付かれませんの」

亜人は体内の魔力を制御することで姿を変えている。血の濃さも影響して、完全に動物の姿になれる亜人の数はそう多くはなく、ましてや体の大きさを調整するのはさらに難しい。

幼い亜人は、人の姿のときよりも小さい姿にしか獣化できない。大人になって魔力が増え、制御も上手くなってようやく、獣化したとき体の大きさを自由に調整できるようになる。

まだ大人になりきっていないルッツがちょうど肩に乗るサイズになれることから、相当な努力をしたことがうかがい知れる。

リーンハルトも今は人を乗せられる大きさのドラゴンに竜化できるが、幼い頃は単なる翼の生えた小さなトカゲの姿にしかなれなかったと言っていた。

ステラが「凄く可愛い。その姿を見たかった！」と心の中で悶えたのは、彼には秘密だ。

「そういえば、クラウディア様はいつもこうして街に降りられているのですか？」

ステラたちをレストランへ案内するクラウディアの足取りに迷いはなかった。やんごとなき身分にもかかわらず、街の中を歩きなれている証拠だ。

聖女がわざわざ何度も街に足を運んでいる理由が何か、ステラは興味を引かれた。

「敬語は不要ですわ。民の信仰があってこそ、聖女という存在があるのです。旅人も例外ではございません。そう、民の存在はとても大切なのです。直接この目で見ることで、きちんと皆様が平和に暮らせているか確認しておりましたの」

聖女の三か条には『神を信じる者には祝福を』『弱き者には仁慈を』『悔いる者には機会を』というものがあり、それぞれを与える使命がある。クラウディアはそれらを忠実に実行するために、お忍びで街を巡回していたのだという。

しかし聖女という立場から、「街に出たい」と神官に素直に言っても反対されることは明らか。だから一部の神官のみに行先を伝え、ルッツだけを連れて秘密裏に抜け出していたらしい。

なんて行動力なのか――と清廉で淑女な聖女のイメージが、ステラの中で変わっていく。けれどもイメージが悪くなったというよりは、親しみを覚えた。

「わたくしにはエムメルス神の子孫として力の名残があっても、魔物や悪人を倒せるような剣の腕も、ステラさんのように怪我人を救う魔法も、亜人のような優れた身体能力もございませんわ。だからせめて、民の偽りなき声に耳を傾けることだけはしようと思っているのです」

クラウディアの姿は完璧な聖女のそのものだった。

彼女の表情は穏やかで、ステラが息苦しく感じていた聖女の制約も慈しむように受け入れている。自分よりも年下の少女がだ。ステラは聖女を辞めた身だからこそ、一層の尊敬の念を抱かずにはいられない。

「凄い……」

ステラの口からは思わず本音の賞賛の言葉が出た。

「聖女として当然ですわ。それよりも、おふたりの旅のお話を聞かせていただけませんか!? わたくしエムメルスから出たことがなくて、いつも国外の書物ばかり読んでいるんですけれど、直接旅人からお話を聞いたことはなくって!」

凛とした雰囲気が消え、クラウディアは興奮気味に話を求めてきた。

「そ、そうですね。私たちは海の向こうの大陸から来たのですが――」

気迫に押されつつ、ステラとリーンハルトはつい最近まで滞在していた国や街について話し始める。その間に注文した料理がテーブルに並び、舌鼓を打ちながら会話を楽しんだ。

崇高な雰囲気から一転、目を輝かせながら話を聞くクラウディアの姿は普通の年頃の女の子そのものだ。外の話が楽しくて仕方ないのだろう。

（私もハルによく話をせがんだな。いつだってハルの話は面白くて、勉強になって、何度も求めちゃっていたっけ）

リンデール王国最東の街ユルルクにいた頃はギルドの食堂のみならず、狩りの練習で入った森の中であっても、時間があれば外の世界についてリーンハルトに質問していたことが懐かしい。

聞いているだけで情景が目に浮かび、旅をした気分に浸れる。ユルルクの土地から離れられない状況だったからこそ、外の世界への憧れは強かった。

ステラは過去の自分とクラウディアの姿を重ねた。

「おふたりとも海の向こうの出身とのことですが、どこのお国なのでしょうか？」

「私はリンデール王国で、ハルはアマリア公国ですよ」

そうステラが答えると、クラウディアは目を見開き、アンバーの瞳をギラリと輝かせた。

「リンデール王国ですの⁉　もしかして竜神子物語をご存知ではございませんか？」

「え……ええ、まぁ」

竜神子物語とはステラとリーンハルトがリンデール王国のダンジョン踏破に貢献し、国を救った話をモデルにして舞台化したものだ。思いもよらない仰々しい異名が数多く生まれ、恥ずかしい思いをしたことはステラの記憶にまだ新しい。

それが海を越えた遠い地でも耳にすることになるとは、誰が想像しただろうか。ステラはなんとか笑みを保ちつつ、無関係なふりを決め込む。

「お好きなんですか？」

「もちろんですわ。あのお話素敵ですわよね。わたくし同じ聖女として主人公のエステル様にとても憧れているのです。濡れ衣を着させられ追放されてもなお、かつての仲間が最大の危機を迎えたとき、ドラゴンを連れて母国を、恩師である団長を助けに舞い戻ってくるなんて、なんて格好良いのでしょうか！」

「う、うん。でもどうしてクラウディア様が舞台のことをご存じなのでしょうか？」

「現実に起きた出来事を題材にした面白い演劇があると知り、聖女付き神官の伝で手に入れた台本を読みましたの。そうしたら感動してしまって！　強くて、癒す力もあって、優しくて、ドラゴンと恋に落ちて……全てが運命的で――憧れる気持ちが止まりませんの」

クラウディアはうっとりと光悦の表情を浮かべ、エステルが天使だの、実際に演劇を見たいだの、エステルからサインをもらいたいだの、竜神子物語への愛を次々に語っていく。

ルッツはイタチの姿に戻って、クラウディアの肩の上で目を瞑《つむ》ってしまっている。どうやら彼は飽きるほど、すでにこの話を聞かされているようだ。

けれどもステラはこんなに熱く感想を聞かされるのは初めてで――

（は……恥ずかしい！　この大陸なら耳にすることはないって油断していた。心の準備が追い付いてないよ）

ステラは羞恥のあまり、テーブルクロスの陰で拳をプルプルと震わせた。ちらりと横を見れば、もうひとりの物語のモデルであるリーンハルトは肩を震わせ笑いを堪えていた。彼はきちんと物語上の話だと割り切って、完全にステラの反応を楽しんでいた。

「酷いよ、ハル」

「すまない。可愛くて」

小声で文句を言うも、嬉しそうに返されてしまったら怒ることもできない。

するとクラウディアがふたりの様子を見て、目を瞬かせた。

「おふたりは仲が宜しいのですね。恋人同士なのでしょう？　腕の良い女性回復魔法士と、青髪の亜人という組み合わせのふたりが旅をしている。竜神子物語と同じですわね。名前だって似ていて、ステラさんはリンデール出身で実力は先程見ましたし、リーンハルトさんは……あれ？」

彼女の活き活きとした表情が固まった。

「エステル様の愛称はステラ様……アマリア公国の王兄殿下の名前は確かリーンハルト殿下……えっと、もしかしてですけれど、ご本人様でいらっしゃいますか？」

ついに気が付かれてしまった。ステラはリーンハルトと顔を見合わせたあと頷いた。

「はい。リンデール王国で聖女をしていたステラです。今は引退してますが」

「俺もアマリア公国の王兄で間違いない。お互いに素性がバレてしまったな」

ふたりが苦笑していると、クラウディアは勢いよく席を立ち、直角に腰を曲げて手を伸ばした。

「大ファンです！　握手してください！」

その勢いで肩に乗っていたルッツはテーブルの上に放り出され、空の皿の上に落ちてしまった。


竜神子物語がエムメルス神聖国でも広まっているのでは——と心配したステラだったが、それは杞憂《きゆう》だった。一般市民は詩人が作った空想の物語だと思っているとのこと。竜人が実在しているのは知っていたとしても、ドラゴンになれるとは誰も信じていないらしい。物語が事実だと知っているのは聖女や神官長といった上位の神官のみだという。

「ご本人にお会いできるなんて夢みたいですわ。ねぇ、ルッツもそう思うでしょう？」

「そうですね。毎日耳にタコができるほどお話しなさってましたもんね」

「それは秘密よ」

「はいはい、申し訳ございません」

聖女と従者という関係だが、クラウディアとルッツは思ったよりも親しいようだ。

「コホン、申し訳ございません。ところでおふたりの出会いといえば、東の森でステラ様がリーンハルト様の不治の病を治したのがきっかけ。そのように描写されていたのですが、本当なのですか？　リーンハルト様、今はその病症は？」

「ステラのおかげですっかり快癒している。彼女がいなければ俺は死んでいただろう。あのときあの場所で出会えたのは奇跡としか言えない」

クラウディアに「憧れの人たちに畏《かしこ》まられるのは困る」と言われ、リーンハルトは要望通りいつもの口調で答えた。

「本当に運命的な出会いだったのですのね」

「しかし未だに原因すらも分からない状態なんだ。竜人の家系が続く限り、同じ症状で苦しむ者が生まれる可能性もある。俺自身もステラや家族に心配をかけたくない。再発を防ぐためにもドラゴンについて調べたいのだが、関連書物がどこにあるか心当たりはないか？」

リーンハルトの問いに、クラウディアは胸を張った。

「そういうことでしたらお任せください！　歴史的文献の宝庫である神殿の書庫をお調べいたしますわ。どのようなものでも聖女の権限で閲覧ができますから」

「ありがとう、それは心強い」

「おふたりの愛と平和のために聖女クラウディア、頑張りますわ！」

憧れが強すぎる気もするが、なんと明るく頼もしい聖女なのか。ステラとリーンハルトはこのわずかな時間で、素直で可愛らしいクラウディアを気に入ってしまった。

「ねぇクラウディア、エムメルスでは物に加護を授けてもらえると聞いたのだけれど、国内であればどこの神殿でもできるのかな？　ハルのピアスや、これから義兄に買うお土産に加護を与えて欲しいなと思っているんだけど」

「それであれば加護のことも、わたくしに任せてくださいませんか？　勝手に力を使うわけにはいかないので許可を取ってからになりますけれど。リーンハルト様のピアスにも、義兄様のお土産にも加護を与えさせてください」

「ここにいるハルのピアスはともかく、義兄さんのにまで加護をもらうのは申し訳ない気が……」

「ステラ様にとってリーンハルト様が唯一無二の存在と思っているのと同じくらい、義理の兄であるレイモンド様も大切なのでしょう？　わたくしにも幼い頃からそばにいるギデオンという、父親のような存在の聖女付き神官がおりますのよ。ですからステラ様の義兄様へのお気持ちにも少なからず共感しており、お力になりたいのです」

クラウディアは本当に優しい子だ。だからこそ無理をしていないか心配になる。

「聖女のお仕事が忙しいんじゃないの？」

「実のところ神殿を抜け出しても問題ないほどに、できることが少ないのです。わたくしにできるのは加護を授けることくらい。その加護も他の神官と異なるものですから、毎日はできなくて……」

観光向けの一般的な加護の儀式は神官が行い、祭壇で祈りを捧げるだけのもの。

対して聖女が与える加護には、瘴気から身を守る効果が付与されるのだという。代を重ねるたびに神の血は薄まり、衰えた力ではひとつの物に加護を与えるのに丸一日必要になる。また力の回復にも時間がかかるため、毎日加護を与えることはできない。

そのため貴重な聖女の力を使った加護の付与は、教会に属する聖騎士の武具にのみ使われるのが通例。それも壊れたりしていなければ、新たに加護を与える必要もなく――

近年では空いた時間を利用して動物の保護活動を始めたらしく、その一環で怪我をしたルッツと出会ったらしい。「ただの白いイタチと思って保護したら、亜人だと知り驚きましたが」とクラウディアは懐かしそうに語った。

「国政は神官たちが日々頑張っておりますの。下手に口出しをしたり、干渉して安寧を乱してはなりませんから、わたくしは見守ることが仕事と言っても良いでしょう。特に今は聖女付き神官ギデオン主導で、神殿の地下に避難シェルターの建設も進めおり皆とても忙しく、邪魔はできません」

「地下シェルターって、地下に避難所を作っているの？」

「はい。瘴気が少ないとされるエムメルス神聖国ですが、ゼロではございませんから」

ダンジョンはいつ、どこでできるか予測できない。万が一発現して魔物が押し寄せてきた場合、戦力に不安があるらしい。

そんなとき速やかに民が街から離れて安全な場所へと逃げられるように、巨大な地下空間であるシェルターを建設しているそうだ。シェルターの奥には魔法で長距離移動を可能とする装置『転移門《てんいもん》』を設置するのだという。

「神官も聖騎士も自らできることを頑張っていて……特にギデオンはわたくしの教育だけでなく地下シェルターの発案に運営、さらに貧しい子どもたちのための孤児院の増設や、財団を立ち上げたりと……本当に凄いのです。だからわたくしも負けないよう、誰かのお役に立ちたいのです」

「クラウディアは本当にギデオン様という神官を尊敬しているんだね」

「もちろんです！　ギデオンは本当に凄いんですのよ。人を救うための活動に精力的なのです。そばで見ているからこそ、凄さが分かってしまいますわ」

聖女は『聖女』と認定された時点で親元から離され、専属の神官によって育てられるのが習わし。クラウディアが十歳を迎えるときには、すでにギデオンが神官として仕えていた。彼は身の回りの世話のみならず自ら聖女教育を施すほどで、いつも親身になって指導してくれたようだ。

またクラウディアがエムメルス神聖国で生じている問題について相談すれば、改善にむけて他の神官たちに働きかけてくれるらしい。

「ふふ、小言も多くて煩わしいと思うこともあるのですが甘いところもあるから、わたくしが望めばステラ様たちの物に加護を与える件も許可してくれるはずですわ」

「協力してくれるのは嬉しいけれど、無理はしないでね。確認お願いするね」

「はい。喜んで！　儀式の日程を確認して、後《のち》ほど——」

会話を遮るように扉がノックされる。

店員かと思い返事をすれば、四十代ほどの男性神官がひとり入室してきた。毛先に癖のある黒髪に憂いの色を漂わせた水色の瞳、その片眼にはモノクルをかけている。少し気難しそうな雰囲気を纏っていた。

「ギデオン……時間切れなのね」

クラウディアは男性神官を見ながら苦笑した。

どうやら話に出ていた聖女付き神官が迎えに来たらしい。

「リーンハルト様、ステラ様、彼がお話ししていたわたくしの専属神官のギデオンですわ」

「まさかご正体を明かしたのですか？　ルッツもついていながら……」

ギデオンは非難の視線をクラウディアとルッツに向けた。ルッツはイタチ姿のまま顔を伏せて反省の意を示すが、クラウディアは開き直ったように微笑んだ。

「だって隠しようがないほど完璧に見抜かれてしまったんですもの」

「左様ですか……」

ギデオンは呆れ、肩を落とした。そしてステラとリーンハルトに軽く頭を下げた。

「どうか本日のことはご内密に願います。クラウディア様、速やかにお戻りください。私は馬車を呼んできます」

彼はポケットから巾着を出し、袋ごとテーブルに置くと、先に個室から出ていってしまった。

「そんなに急がなくても……せっかくふたりを紹介しようと思いましたのに。仕方ないわ。リーンハルト様、ステラ様、再会できるときまで、エムメルスでの滞在を楽しみながらお待ちくださいませ。またお会いしましょうね」

ホテルの場所も伝えていないのに、どのように連絡を取るのだろうか。そんな疑問を呈する間もなく、クラウディアとルッツも嵐が過ぎ去るように帰ってしまった。

巾着の中には高級な宿一泊分ほどのお金が入っていた。

「これって口止め料だよね？　クラウディアは大丈夫かな？」

「あらかじめ用意してあるってことは、こういう事態は初めてじゃないはずだ。彼女の様子を見れば、大丈夫だよ。それにしてもエムメルスの聖女はお転婆のようだな」

「それにとても良い子だったね」

「この国が明るくて平和な理由が分かる気がしたよ」

立場が上になるほど権力や名誉が絡み、そのことにばかり注視して民を蔑ろにする国王や貴族は少なくない。

けれどもエムメルス神聖国は、頂点に立つ聖女が民のことをきちんと心の底から案じている。どれだけ貴重な存在であるかは明らか。

自然とステラの気持ちはクラウディアを応援したいと思ってしまう。

「何か力になれることとあるかな？」

「加護を与えてもらうお礼は何が良いか、許可が得られたときに聞いてみよう。俺もドラゴンについて調べてもらうから、何もしないわけにはいかない」

「亜人が受けた恩返しは倍って決まっているもんね？」

「その通り。でもその前に、加護を与えてもらうレイさんへの土産物を見つけないとな？」

リーンハルトは席を立ち、ステラに手のひらを向けた。

綺麗な街並みに、素晴らしい聖女との出会い、探しているドラゴンの書物に関する伝と良いことが続いている。きっとレイモンドへのお土産も、素敵な物が見つかるに違いない。

エムメルス神聖国の滞在が有意義なものになると確信しながら、ステラはリーンハルトの手をとった。

間章　聖女クラウディアの嘱望

クラウディアはギデオンに連れ戻されたあとは神殿の隠し通路を通り、真っすぐ私室へと帰った。修道女用の白いローブを脱げば、中からは特別に仕立てられた白を基調とした修道服が現れ出る。鏡台に置いてあった金のサークレットを頭に載せると、鏡には本来の姿である聖女クラウディアが映っていた。

彼女は神子の家系より生まれた娘だ。代々瘴気を払う力――神聖力を引き継ぎ、神官や修道女として生涯をエムメルス神聖国に捧げる一族。

神子の一族からは『神の目』と呼ばれる、瘴気や魔力の流れが見える力を持った人間が稀《まれ》に生まれることがあった。神の目が発現したのが男児であれば『聖人』、女児であれば『聖女』として俗世《ぞくせ》から離された環境で育てられ、祀り上げられる。

血の薄まりによって神聖力が発現しない者も多くなってきた。そんな中クラウディアは他者よりも強い神聖力を持ち、神の目も有して生まれた。聖女教育のためすぐに親元から離された彼女は、今はもう両親の顔すら覚えていない。

前任の聖女もいなかったことから、彼女は若干十歳にて聖女に任命され、それからもう五年が経っていた。

それでも鏡に映るクラウディアの容姿はあどけなさが抜けておらず、民の前に出て信用を獲得するには幼く頼りない。見た目だけでも早く大人になりたいといつも願っている。

（どうやったら大人っぽく見えるのかしら。濃い化粧は禁止されているし、どうにかならないものかしら）

　自分の顔を睨んでいると、鏡越しに不機嫌そうな聖女付き神官のギデオンと視線がぶつかった。

「言いたいことでもありますの？」

「クラウディア様、見抜かれたとしても誤魔化すなり、隠し通す努力をなさってください。この世には悪しき人も存在します。あなた様の善意が悪用されないか、私は心配でたまりません」

「それは分かっていますわ。でも、あのふたりは大丈夫だから心配しないで。素晴らしい方たちでしたもの。ギデオン、あなたも聞いたらビックリするはずですよ」

「ほう、どのようなお方で？」

「竜神子物語のモデルとなったリンデール王国の元聖女ステラ様と、アマリア公国の王兄で竜人のリーンハルト様よ。ステラ様の回復魔法は噂に違わぬ威力を有し、リーンハルト様はヒントもなしにわたくしの持つ特別な血と気配に気が付いたわ。本物よ」

　クラウディアがステラとリーンハルトの正体を明かすと、ギデオンは瞠目し、「まさか」と言葉を詰まらせた。今まで見たこともないほどの大きい反応に面白くなる。

「ふふふ、珍しく驚いているわね。わたくしも街で出会えるなんて思ってもみなかったわ。神が私の願いを聞き届けてくれたのかしら。ねぇ？　ギデ……オン？」

　ギデオンはクラウディアの竜神子物語への愛を知っている。共に喜んでくれるものかと思っていたら、彼の眉間には皺が刻まれていた。

「申し上げるのが心苦しいのですが、ステラ様は聖女の立場を放棄し、個人の自由を選んだ者です。回復魔法という素晴らしい力をお持ちではありますが、本性は物語と同じとは限りません。あまり親しくなさらぬようお気を付けくださいませ」

「――え？」

クラウディアの高揚していた気分は冷や水をかけられ、急速に熱を失っていく。実際に言葉を交わした際、ステラはとても謙虚で親しみやすく、可愛らしい年上の女性だった。短い時間にもかかわらず、改めて憧れの念を抱いたくらいだ。

言葉も交わしたことがないギデオンに、憧れの人を貶められるのは面白くない。

「本性を隠しているといえばギデオン、わたくしに内緒で護衛をつけていたようですね。ルッツがいるから不要と告げた際に、あなたから許可を得たはずですのに……どうしてかしら？　腹の内を隠しているのは、どちらでしょうね」

「……お気付きになるとは思ってもいませんでした。気分を害されたのなら謝ります」

クラウディア本人に隠してつけられた護衛の存在は、まるで監視のようだった。神殿から抜け出してはいるが、きちんと事前に決めたルールの範囲で動いている。信じてもらえていない状況は、気分が良いものではない。

「いいえ、わたくしの意向を無視していたことは咎めません。ですから、ギデオンもステラ様たちに関する苦言は控えなさい」

「かしこまりました。仰せのままに」

ギデオンはただ静かに頭を下げた。

部屋の中は静まり返り、沈黙が重々しく感じる。自分の喜びを否定されたことに苛立ち、滅多にしない反抗をしてしまった。本当はステラたちに加護を与える儀式の相談をしたかったのだけれど、今はできなさそうだ。

（もっと言い方はあったはずなのに、冷静さを失って喧嘩腰になってしまったわ）

見た目だけではなく、精神面でも己の幼さを実感してため息をついた。

クラウディアに対して過保護ともいえるギデオンが心配するのは当たり前で、聖女付き神官という立場上仕方のないこと。罪悪感がひっそりと彼女の心に陰を作った。

重い雰囲気を払うように、新しい話題を口に出した。

「あ……あのね、実はステラ様たちにギデオンのこと自慢しましたのよ。地下シェルターの発案や孤児院の増設など、国のために尽くしてくれる素晴らしい神官だと」

「私は案を出したまで。クラウディア様の賛同があってこそ実現に至ったのです」

ギデオンの表情が和らいだのを見て、胸を撫でおろす。

「地下シェルターは着工してもう三年かしら。完成が楽しみだわ。ねぇ、作業を頑張っている皆様に直接お礼を言いたいのだけれど、地下シェルターに連れてってくださらない？」

設計図を通して構造はよく知っていたけれど、これまで実際に建設中の地下シェルターに足を踏み入れたことはない。以前から視察の希望を伝えていたのだが――

「建設中の地下シェルターはまだ安全が保障されておりません。クラウディア様の身に何かあってはいけませんので、完成までもうしばらくお待ちください。それに作業している者にはあなた様のお気持ちはすでに伝わっております。全て私たち神官にお任せくだされば良いのです。代わりに伝えておきましょう」

「……そう」

いつもこうだ。クラウディアは聖女だからと一線を引かれてしまう。神の血筋ゆえに、さらに聖女という立場ゆえに、多くの者は恐縮してしまうためむやみに近づくことが許されない。

関わる者も数人に限られ、神殿という籠の中にいるようだ。安全ではあるけれど、頑張っている人たちを遠くから見ることしかできない。

（わたくしは、ステラ様のようにはなれないのかしら……）

ステラは安全な場所に留まることなく、自ら戦場に踏み込む戦う聖女だ。危険を顧みず、正義のために自ら悪に立ち向かい、弱者には寄り添う。演劇の後半では騎士たちとの絆が強まるシーンもあり、仲間に混ざって奮闘する姿にどれだけ憧れたか。

（持っている力も、境遇も、文化も異なるのだから、違って当たり前だというのに今更ね。わたくしは、わたくしができることに集中すべきだわ）

ふぅと軽く息を吐いて、気持ちを切り替える。

「ギデオン、くれぐれも皆様には宜しく伝えてくださいね」

「もちろんです。きっと喜ぶに違いありません」

「会いに行けない分、何か差し入れをしましょう。ルッツ、リストを作るから商会の注文用紙を用意くれないかしら」

「承知しました。すぐにお持ちいたします」

指示を出すとギデオンとルッツは退室し、部屋にはクラウディアひとりが残った。

本神殿の上部に位置するクラウディアの部屋の窓からは、エムメルス神聖国の首都――白く美しい街並みが一望できる。遠くまで並ぶ白亜の建物の間には、多くの民が行きかっていた。

神が与えた恵まれた土地。長年、祖先たちが努力を積み重ね作り上げた平和な世界。

「神よ――どうかお見守りくださいませ」

クラウディアはエムメルス神聖国の象徴として、聖女として、平和を守るために頑張ろうと決意を新たにした。

第二章　予想外の再会

　クラウディアと出会ってから数日後、ステラとリーンハルトは郊外の森に来ていた。

　エムメルス神聖国の西側――首都と隣国の間には広大な森が広がっている。整備された街道が一本だけ通り、他は緑で覆われているエリアだ。

　レイモンドへのお土産候補は見つけたものの、ステラはまだ決めかねていた。クラウディアとは会えておらず、加護を与えてもらうまで時間があった。ふたりは気分転換もかねて、戦いや狩りの感覚を忘れないために森に足を運んでいた。

　瘴気が少ない土地ではあるが、魔物の存在はゼロではない。散策しながら魔物を探す。

「噂では聞いていたけれど、本当に冒険者が少ないんだね」

　街道近くで薬草を採集している冒険者二組を見たのを最後に、ひとりも遭遇していない。

「エムメルスには対魔物専属の聖騎士がいるからな。魔物が少ない状況では冒険者の出る幕はないんだろう」

　実際に奥地まで来たが、噂通り魔物一匹すら出会っていない状況だ。

　これでは冒険者として生計を立てていくのは難しい。強い者は聖騎士や首都の治安を守る騎士を目指すか、あるいは国外で冒険者を目指すしかないだろう。

「国が違えば冒険者の立場も全く違うんだね。平和なのは良いけれど、慌ただしいユルルクがちょっぴり懐かしいな」

「ユルルクは魔物が多い反面、素材がたくさん採れるから稼ぎも良くなるし、活気があったもんな。魔物は世界の敵だが、経済を潤す面があることも否定できない。うまく共存していくしかないな」

ステラの母国であるリンデール王国の最東の街ユルルクは、大陸の中でも瘴気が多い土地だった。それ故に魔物が多く存在するが、高ランクの大物や希少な素材が手に入れば一攫千金も夢ではない。リスクもあるがリターンも大きかった。

腕に覚えのある冒険者がユルルクに多く集まり、騎士団の出番がないほど冒険者で賑わっていた。

「ダンジョンだけは遠慮したいけどね」

魔物が良い稼ぎになるのは確かだが、ダンジョンの魔物の凶悪さは別格だ。稼ぐどころか、命を守るので精一杯になる。

「確かに。これまでダンジョンに三回も遭遇したが、どれも楽に踏破できたものはないしな。できれば二度と関わりたくない」

リーンハルトの苦笑につられ、ステラも「同感」と頷いた。

「あ、ようやく魔物を見つけたぞ。ステラ、走ろう！」

リーンハルトが魔物の気配を察知し、駆けだした。そこにはBランクの魔物・黒狼が二頭いた。動きが素早い中型の魔物だ。

魔法の精度や発動の速さを高める練習には、最適な相手と言える。

「《氷槍《アイスランス》》」

攻撃魔法が苦手なステラは、素材を傷付けないよう意識しながら黒狼の急所を狙って討伐を試みる。けれども一発目は避けられ、外してしまった。しばらく狩りにでないだけでこの有様だ。

（広範囲の水系魔法で包んで潰してしまうのは簡単だけど、魔力が勿体ないし、素材が傷ついちゃう。ここはしっかり慎重に――）

「《沼地《デリージュ》》」

足場を沼地に変えて黒狼の足止めを試みる。一匹は捉えたが、もう一匹には逃げられてしまった。

「俺に任せろ。まずは一匹確実に！　一発で仕留められなくても良い。的が小さく避けられやすい頭部ではなく、まずは肩や腰を狙って動きを封じるんだ」

「分かった！　ありがとう――もう一回、《氷槍《アイスランス》》」

彼女が一匹に集中できるよう、もう一匹の黒狼はリーンハルトが引きつけてくれている。その間に攻撃魔法で急所を狙い。最後は短剣で素早くとどめをさした。

そうして十分後には無事、二匹の黒狼を倒すことに成功した。

「はじめは感覚を取り戻すのに戸惑っていたようだが、だいぶ上達してきたな」

「ハルの教え方が上手だからだよ。この私にも綺麗な状態を保った素材を手に入れられる日が来るとは……！」

ステラの目の前には、原型を留めている黒狼が倒れていた。腹の部分に傷がないため、綺麗で大きな皮が一枚取れるはずだ。高値の報酬が期待できる。

リーンハルトと出会う前は、力任せに水系魔法の水圧で魔物の骨まで砕いてしまっていた。皮も伸びてしまって、売り物にならず凹んでいた日が懐かしい。

短剣の使い方も上達した自信がある。かつてのユルルクの冒険者仲間が知れば、驚くに違いない。

想像してニマニマしていると、ポンと頭にリーンハルトの手が優しく載せられた。

「まだまだ上手くなるよ。ステラは頑張り屋さんだから」

「そうかな？　いつも教えてくれてありがとう、ハル」

「どういたしまして。収穫もあったし、ご飯でも食べようか」

「そうだね」

ステラは空間魔法で収納していた調理道具や食材を取り出した。フライパンに、小さな鍋、包丁も揃えられている。

以前は小鍋ひとつでスープを作るのが関の山だったが、旅する中で野営の経験も重ね、料理の腕前をレベルアップさせていた。それはステラだけではない。

「俺は何をすれば良い？」

「お肉を切って焼いてくれる？」

「任せろ」

リーンハルトは慣れた手つきで肉を薄く切り、塩コショウで下味を付けてから焼き始めた。スープもまともに作れなかった彼だったが、今ではすっかり料理が板についている。

その間にステラは野菜を洗って、刻んでいく。肉が焼けた頃にフライパンに入れて一緒に炒めてもらう。

「良い香りだね。お腹空いてきたよぉ」

「どうしようか。このままパンに挟むか、シチューにするか」

「早く食べたいけれど、前に買ったシチューペーストが残っているから使い切ろうかな」

ステラはフライパンに水を加えひと煮立ちさせてから、焦げ茶色のペーストを入れた。ゆっくりかき混ぜていくと、次第にとろみがついてきた。あとは少し煮込めば完成だ。

「そうだ。ステラ、昨日買った晩酌用のチーズを使って良いか？」

「良いけど」

空間魔法から両手を広げたくらいの大きさのチーズを取り出した。リーンハルトは一センチほどの厚さに切ると串にさし、シチューを煮込んでいる鍋の火元に近づけて焼き始めた。熱せられたチーズの表面には焼き色が付き始め、全体が柔らかく溶け始める。

「ステラ、パンを切ってくれ！」

「え!?　シチューに載せてグラタン風にするんじゃなかったの？」

「はじめはそのつもりだったが、思ったよりも溶けたからパンの方が美味しいかなと思ったんだ」

「なるほど！」

ステラは慌ててパンをスライスし、串から溶け落ちそうになっていたチーズを受け止めた。そしてデミグラス風のシチューを器によそえば、野外ランチの出来上がりだ。

「わぁ、チーズとパンの相性良すぎ。ハルのアイディア最高」

ステラは熱々のチーズサンドを頬張って、顔を緩ませた。晩酌用に買ったチーズは思ったよりも塩気が強く、シチューよりパンと組み合わせて正解だった。

リーンハルトはシチューを食べながら頷いた。

「確かに美味しいな。森でこんな豪華なご飯を作って食べられるようになるとは。魔物の少ないエムメルスだからこそ、手間をかけられるんだろうが」

「うん、うん。それにゆっくり食べられるしね」

魔物の多いユルルクでは、食べかけのパンを片手に魔物の対処をするときもあった。それと比べたら、今は野外ランチだとしても贅沢な時間を過ごせている。

全部食べ終わったらステラが水の魔法でフライパンや器を洗い、リーンハルトが風の魔法で乾かしていく。これもすっかり定着した片付け方法だ。

「ハル、このあとどうする？」

「もう新しい魔物は期待できなさそうだから、街に戻ろうか。黒狼も持っていても仕方ないから、冒険者ギルドに売りにいこう」

エムメルス神聖国では冒険者の数こそ少ないが、ギルドはきちんと存在していた。規模はユルルクより小さいものの建物の造りは立派で、白亜の壁だからか小さな神殿にすら見えた。

ゆっくり歩いてきたため、到着する頃には夕方にさしかかる時間になっていた。中に入るとホールはガランと空いており、奥にあるカウンターの前に人が密集していた。集まっていた冒険者たちは驚いた様子で「信じられない」「凄すぎる」と口を揃えて言っていた。

「どうしたんだろう？」

ステラとリーンハルトが近づくと、人の輪の垣根から頭ひとつ背の高い青年の顔が見えた。

「えっ⁉」

ふたりは揃って驚きの声をあげた。

太陽の光を集めたような眩い金髪に、砂漠の国を彷彿とさせる褐色の肌に空のような青い瞳、体躯の良い長身の男には見覚えがあった。

声に気が付いた青年は振り返り、彼もまた均整の取れた顔に驚きの表情を浮かべた。

「ステラ⁉　そしてリーンハルト……様⁉」

リンデール王国最東の街ユルルク出身のSランク冒険者――アーサーがいたのだった。

お互いに驚き固まっていると、アーサーがリーダーを務めるSランクパーティ『イーグル』に所属する魔法使いの双子が手を振ってきた。

「ステラたんなの。お久しぶりなの！」

「ハルたん様もいる～相変わらず仲良さそうだねぇ」

通称『双子姫』と呼ばれる彼女たちのうち黒髪ポニーテールで語尾に「なの」をつけるのが姉

のアーリャ、黒髪ハーフアップで語尾を伸ばしがちなのが妹のミーリャだ。ふたりも背伸びをしながら人垣から顔を出した。

近くにはイーグルの他のメンバーである男三人もいた。索敵担当で小柄なマイク、剣士で圧倒的な筋肉の質量を誇るゲイル、トラップ魔法専門でスラリとした細身のフランだ。

「お久しぶりです。こんなところで会うなんて奇遇ですね」

ステラは比較的親しかった双子姫に話しかけた。

「久しぶりなの。これは良い暇つぶしになるの。ラッキーなの」

「暇つぶしですか？」

「ちょっと話そうよぉ～待ちくたびれて暇なんだよね～」

双子姫のゆるい雰囲気のおかげで、無意識に強張っていたステラの肩から力が抜けた。

カウンターの端に移動し、まずは人だかりができている理由を尋ねることにした。

「実は入国前に倒した魔物を納品しようとしたんだが、ここエムメルスのギルドでは大物らしくてね。金額が決められないといって鑑定が進まないんだよ。僕たちはすっかり待ちぼうけというわけさ」

答えてくれたアーサーがカウンターの奥に手のひらを向けた。

そこには熊よりも大きい猪の姿をした魔物が三体横たわっていた。Aランクといったところだろう。最低限の手数で仕留めた証拠に、ほとんど外傷がない。素材の質を損なわない狩りの技術はさすがSランクのパーティだ。

「それより……」

「――っ」

以前、アーサーに執拗な勧誘を受けた反射で、ステラは思わず身構えてしまう。

「久しぶりだね。元気だったかい？」

「はい。おかげさまで……皆さんは？」

「それは良かった。僕たちもユルルクのみんなも変わりないよ……いや、変わりありませんよ」

アーサーはハッとしたように途中で口調を変えて、わざとらしく微笑んだ。

もう勧誘をしてくる様子はなく、安堵したのも束の間、距離を置くような話し方にステラは戸惑った。

ユルルクでは色々あったものの、気安い仲だと思っていた相手だ。貴族が頭を下げてまで欲する力を持っているアーサーならば、ステラが元聖女だと知っても変わらぬ態度だとどこか思っていたのだ。

（アーサーさんがこの態度なら、きっと双子姫も他の方もきっと……）

先程は以前と変わらぬ態度で双子姫は接してくれたが、なんだかんだ彼女たちはリーダーに従う。もしそうなら、寂しいとステラは感じた。

自分からどんな態度をとれば良いのか戸惑っていると、リーンハルトが安心させるようにポンとステラの肩に手を載せた。彼の視線はアーサーに向けられている。

「アーサーさんはもうステラを諦めたのか？」

「ステラ様にはあなた様がいらっしゃるようですからね。ダンジョンも踏破され、リンデールの危機も去ったことですし、回復魔法士は双子姫がいれば戦力的に十分。僕はいい加減身を引くことにしました」

アーサーは苦笑し、リーンハルトからステラに視線を移して頭を下げた。

「事情を知らなかったとはいえ、ユルルクでは大変失礼なことをしてしまいましたね。申し訳ありません」

「あ、頭をあげてください！　確かに勧誘には困惑どころか迷惑でしたが、それ以上に肩書きとか関係なく能力を認めてくれて、救われていたところもあるんです」

ユルルクの中心人物であるアーサーがステラを認めてくれていたからこそ、他の冒険者もステラを受け入れてくれた側面もあった。おかげでひとり孤独だと思っていた彼女に新しい居場所ができ、親しい人も増えた。

ユルルクでの生活はかけがえのない思い出だ。

「アーサーさんには感謝しているのです。だから許す代わりに、今までと同じよう気軽に接してくれると嬉しいのですが」

「俺からも頼む。堅苦しいのはアマリア国内だけで十分なんだ。アーサーさんは前のように突っかかってくるくらいでかまわない」

「――本当に良いのかい？」

顔をあげたアーサーの口元は弧を描いていた。「言質は取ったよ」と言いたげだ。

だからステラとリーンハルトはニッと笑った。

「ごく普通でお願いしますよ？」

「ステラにだけ芝居がかった態度をやめてもらえば」

「……あぁ、うん。痛いところをつくな。でもお言葉に甘えてそうさせてもらおう。他のメンバーも同じように接することを許してくれるかな？」

もちろんとふたりが頷けば、アーリャとミーリャが両手をあげた。

「万歳なの。気兼ねなくステラたんを可愛がれるなの！」

「やったぁ～わざわざ時間をかけてエムメルスに来た甲斐があったねぇ」

硬くなっていた空気が緩む。ユルルクで過ごしていたときと同じ雰囲気に、ステラは胸を撫でおろした。

「そういえば、どうしてイーグルの皆さんはエムメルス神聖国に来たのですか？　魔物ならリンデールのある大陸の方が多いのに、わざわざここまで来るなんて」

ステラはドラゴンの姿になったリーンハルトの背に乗って、丸一日かけて海を渡ってきた。

しかし一般的に海を渡るためには、大型船を利用しなければならない。空を飛んでくるのと違って、時間とお金は比べ物にならないくらいかかる。

「実はアーサーたんが、ステラたんを諦めるためにユルルク最奥の谷でSランク魔物を相手にひと暴れしたら、剣が折れてしまったなの」

「……なんかごめんなさい？」

暴れるほど回復魔法士が欲しかったのかと思い、断ったことがなんとなく申し訳なくなる。

「ステラたんは悪くないよ～他に方法を見つけられなかったアーサーたんが脳筋なだけぇ。まぁワニ型の魔物の皮が固すぎたんだよねぇ～魔法もあんまり効かないし、矢は刺さらないし、剣はボロボロにかけるしぃ」

最終的にはイーグルのメンバーで大魔法を行使し、丸焼きにして倒したらしい。

「大変でしたね」

「まぁね。それでうちらは新しい武器を買いに来たってところなんだよねぇ」

エムメルスの隣国は職人が多くいる国だ。家具や馬車、仕立て屋など様々で、一級品が欲しければその国に行けと言われるほど。そこに伝説の鍛冶師がおり、新しい剣の製作を依頼しに海を渡ってきたらしい。

折角なのでアーサーの剣だけでなく、他のメンバーの装備も新調しようということになり、パーティ全員で来たのだという。

すでに新しい剣は完成し、彼らもステラたちと同様に、神殿から加護を授けてもらうためにエムメルス神聖国に入国したのだ。

剣に興味を持ったリーンハルトは、アーサーに頼んで見せてもらっていた。

一般的な剣よりも剣身《ブレイド》が長く、剣先から鍔《つば》まではフラーと呼ばれる溝が一直線に伸び、角度を変えるたびに美しい銀色の輝きを反射した。

「見事な剣だ。前より細身に見えるが……」

「さすがハル君。今までの僕の剣の使い方は、力任せに叩き切る感じだったんだけれどね。表皮の固いワニの魔物を討伐した経験から、技術で切れるようになるために軽くしたんだ。けれども前に使っていた剣よりも、強度は低くなるどころか増している。おかげで猪の魔物の固い毛皮にも簡単に刃が入ったよ。刃こぼれも心配なしの名剣さ」

「そのようだ。アーサーさん、あとで鍛冶師を紹介してくれないか？　いつか剣を新調するときに考えたい」

「もちろん。紹介状も書いてあげるよ」

リーンハルトとアーサーは、ユルルクのときとは違ってとても息が合っていた。アーサーはすでにリーンハルトのことを『ハル君』と呼んでいる。

「あとは僕の二つ名である東の勇者らしく、神官からじゃなくて聖女様から加護を授かりたいのが本音なんだけどね。どうにか伝はないものか」

アーサーが肩をすくめてため息をつくが、双子姫が揃って首を横に振った。

「エムメルスの聖女様は無理だと思うの。国民ですら姿を見たことがないの」

「とびっきりの箱入りか、表に出られないくらいお年を召してるのかも～アーサーたん諦めようよぉ」

クラウディアの話題が出て、ステラは内心ドキリとした。だって姿も見せない箱入りと言われている聖女は、実際は神官に秘密で神殿を抜け出す元気いっぱいの女の子なのだから。

ステラがチラリとリーンハルトの方を見ると、目が合った彼はゆっくり瞼を閉じた。

アーサーたち相手であっても、今はクラウディアの件は秘密ということだ。

（そうだよね。クラウディアの優しさに甘えちゃだめだ。あの子にも立場が――）

そう思ったときギルドの扉が勢いよく開かれ、神官の服を着た教会関係者三名が入ってきた。

ギルド職員が慌てて出迎える。

「高ランクの魔物が納品されたと聞いた。それは奥にある三体で間違いないか？」

「はい。そこのイーグルという冒険者パーティが先程持ち込んだのです」

「たった数人で……そうか。リーダーはどなたかな？」

「僕ですが？」

アーサーが前に出て説明を受けた。

討伐料が高額になるため、ギルドではお金の即時支払いが難しいらしい。そこで討伐料はギルドではなく、神殿から支払われることになった。

その条件として魔物の解体はこの場でイーグルがするよう求められた。神殿は心臓のみ持ち帰り、その他の素材は自由にして良いらしい。

心臓には素材として利用価値がないし、食用にも向かない。アマリア公国では魔物の肉を食べたが、リンデール王国と同様にエムメルス神聖国でも魔物肉の食用文化はなかったはずだ。

ステラが不思議に思っていると、リーンハルトも同じことを考えていたようでアーサーたちの会話に口を挟んだ。

「横からすまない。参考までに、心臓は何に使うのか教えてもらっても良いだろうか」

「魔物も命ある生き物。神殿では魔物の魂を供養するために、心臓に神官が祈りを捧げるのです」

「なるほど。人類は魔物と敵対関係というのに、エムメルス神聖国の神官は随分と優しいんだな。でも見たところ他の魔物も納品されているのに、どうしてその魔物だけ引き取るのだろうか」

「高ランクの魔物ほど魂が持つ穢れの力が強く、しっかり供養しないと災いを運んでくるかもしれません。Bランク以上の魔物が納品された場合のみ、我々が出向いて心臓を引き取るようにしているのです」

　話を聞いてステラは慌てて空間魔法で収納していたBランクの黒狼を出した。

「すみません。私たちも午前に二体倒していたんです」

　すると神官たちの表情が曇る。

「他にもいましたか。どうやらあなた方は遠い国からやってきた冒険者たちのようですね。我が国のルールをお伝えしておきましょう」

　神経質そうな面持ちで神官が説明を始めた。

　魔物など命を屠る仕事は聖騎士の役目であり、神殿関係者以外は可能な限り魔物の討伐に手を出してはならない。襲われそうになったなどやむ得ない場合は倒したのち、森に配備している聖騎士の駐屯所や神殿に速やかに知らせること。ギルドを挟む必要はなく、時間はおかない方が望ましいらしい。

　以上を守れば、自由に冒険者の活動をしても良いとのことだった。

しい。

エムメルス神聖国での冒険者の仕事は事実上薬草採集と商人の護衛くらいで、魔物とは無縁らしい。

そのためか魔物に慣れていないギルド職員では大物の魔物の解体は手に余るようで、ステラたちが自分で解体するしかなかった。

はじめに魔物の胸をナイフで切り開いて、心臓を綺麗な状態で取り出した。神官たちはそれを受け取ると、討伐料を置いてすぐにギルドから立ち去っていった。

心臓を取り出したあとはギルドから道具を借りて肉、骨、毛皮、内臓を分けていった。骨と毛皮はギルドが引き取り、肉と内臓は廃棄だ。

一段落つき、ステラは久々に疲れを感じて背を壁につけた。

「ふぅ。解体はユルルクでも他の国でもギルド職員に任せていたから、こんなに大変だとは思わなかったよ。ハルは手慣れていたね」

解体作業に不慣れなのはイーグルも同じで、彼らも手探りでやっている中リーンハルトの捌き方には迷いがなかった。

「肉を食用にするためには素早く血を抜いて、腐りやすい内臓を早い段階で切り離す必要があるからな。魔物だけでなく、野生動物も基本的には同じ方法だから覚えておくと良い」

「アマリアの文化なんだね。それならきちんと学ばなきゃ。また教えてくれる？」

「もちろん。ステラに故郷の文化を知ってもらえることは嬉しいからな」

リーンハルトがはにかんだ。

思わず「可愛い」と言いたくなる。彼の無邪気な笑顔は普段よりも幼く見え、ステラの胸の奥がくすぐったい気持ちになる。

ふたりが微笑みながら見つめ合っていると、複数の視線が向けられていることに気が付いた。イーグルのメンバーがニマニマしながら生温かい視線を寄越していたのだ。アーサーだけは明後日の方向を見ているが。

ステラは慌ててギルドの二階にある食堂を指さした。

「そうだ。久々に会ったのですから、ユルルクの馴染み同士ご飯でもどうですか？　アーリャさんとミーリャさんには、以前にお約束したお土産も渡したいですし」

「食べるなの！　貰うなの！」

「さぁ行くよぉ～お金もたっぷり貰ったし、今日はイーグルが奢ってあげるねぇ♪」

こうしてギルドの食堂で早めの夕食兼再会祝いの宴会が始まった。

イーグルの男性陣がリーンハルトを取り囲んで質問攻めにしている間、ステラは隣のテーブルで双子姫へのお土産を広げた。アマリアの伝統的な織り方で作られた、アイボリーの揃いのフード付きポンチョだ。

「おふたりに合うと良いんですが」

「わぁ～希望通りの伝統的な物で、折り模様が凄く綺麗なの」

「アーリャ、今一緒に着てみようよぉ～」

双子姫は目を輝かせて、ポンチョに袖を通した。アーリャがくるりとその場で回れば、裾がふわりと広がって模様が綺麗に花開いた。見立て通り丈はピッタリで、彼女たちの黒髪とポンチョのアイボリーカラーは相性が良い。

「撥水加工もされているので、フードを被れば雨の日も着れますよ。どうでしょうか？」

ステラがすすめると、双子姫は大きめのフードを被った。

「こ、これは！」

双子姫は互いの姿を見て、目を見開いた。

「ミーリャが猫さんになってるなの！」

「アーリャは熊さんだよぉ～あは！　ステラたん、これ面白い服だねぇ～」

フードにはそれぞれ動物を模した耳が付いていた。

「亜人の耳は私たちと形やついている位置が違うから、耳を入れる袋が付いているんです」

耳だけではなく角の形に合わせた袋や、あえて袋は付けずに耳や角を出す穴が付いているスタイルもあった。その中でも可愛らしい双子姫の姿を見て、猫耳と熊耳を選んで正解だったとステラは自分を褒めた。

「うちらも亜人になった気分なの。可愛くて気に入ったなの」

「ステラたん、ありがとぉ～」

双子姫は両側から挟むようにステラを抱きしめた。そうして可愛がるようにステラに頬ずりをした。

可愛らしい年上のお姉さんたちの抱擁に照れていたステラだったが、彼女たちの腕の力が異様に強いことに違和感を覚えた。

「アーリャさん？　ミーリャさん？」

「ねぇ、ステラたんはケモ耳の服は持ってるなの？」

「着てみてよぉ〜」

　ステラの頭に浮かんだのは、初めてアマリア公国の地を訪れたときにリーンハルトから貰ったうさぎ耳の付いたカチューシャだった。垂れ耳タイプで、根本にはリボン付きという可愛い仕様。プレゼントしてくれたリーンハルトは変装のためという目的で渡してきただけで、そこにやましい理由は一切ない。実際にアマリア公国では獣耳がスタンダードで、うさ耳が目立つことはなかった。自然と受け入れられたが……ここは人の国。ユルルクにあった、バニーちゃんがいる夜のお店を思い出してしまった。

　けれども双子姫はつけるまで離してくれそうもなく、ステラは渋々垂れうさ耳のカチューシャを取り出して装着した。

「アマリアで人は浮いてしまうので、変装用に使っていた物なんですが……」

　恥ずかしさで、彼女の頬はほんのり薄紅色に染まった。

「可愛いなの。でも、うさ耳なの……しかも垂れ耳タイプ。ステラたん、どうしてそれ選んじゃったなの⁉」

「ケモ耳の中でも一番罪深いでしょうにぃ〜って、もしや……」

　やはりユルルクを拠点にしているだけあって、しっかり件《くだん》の店の存在を知っていたようで、うさぎ耳からバニーちゃんを連想してしまったようだ。そんな双子姫の視線は、リーンハルトへと向けられた。

「恋人にこれを選ぶなんて、真の勇者なの」

「あんな爽やかな顔してぇ、やっぱり猛獣……ドラゴンだねぇ」

「ハルは、例のお店を知らないくらい紳士なんですって」

　変な誤解が生まれそうだったので、慌ててカチューシャを外して火消しをしようとするが、彼は隣のテーブルにいるので三人の会話は筒抜けだった。

「他の獣耳は良くて、うさぎの耳だとどうして勇者で罪深くなるんだ？」

　きょとんとして、リーンハルトは首を傾げた。

　そんな彼の肩をポンと叩いたアーサーが「実はね」と、女性陣には聞こえない声量でリーンハルトに耳元で教え始めた。

　リーンハルトはわずかに目を見開いたあと眉間に皺を寄せ、片手で顔を覆ってしまった。隠しきれていない少し尖った耳の先は真っ赤だった。

「人の国でうさぎ族の姿を模することが、そんな破廉恥な行為だとは……！」

「アーサーさん！　ハルにどんな説明をしたんですか⁉」

「酔ったザラス師匠が語ってくれた体験談と心情の一部だよ」

「それ駄目なヤツじゃないですか！」

　ステラは頭を抱えた。

リーンハルトはテーブルに手をついて、深々と頭を下げた。

「すまない。ステラを辱める気はなかったんだ」

「分かっているから大丈夫！　うさ耳のおかげでアマリアでは浮くことなく、楽しく過ごせたんだもの」

この様子を見ていた双子姫は、申し訳なさそうな表情を浮かべた。

「ハルたん様がピュアで真面目なの。罪悪感マックスなの。お姉さんたち遊びすぎたなの」

「アーサーたんが変なことを教えて、ハルたん様を穢したぁ～最低ぇ～。ハルたん様、うちらのリーダーが悪いことを……」

「いや、その言い方は問題あるよ？　でもハル君、なんかごめん」

アーサーと双子姫に謝られたリーンハルトは「いや、異文化の勉強になった」と、冷えたビールを一気に飲み干した。

「心の傷は回復魔法では治せないなの。ステラたん、あとは頼んだなの」とアーリャに言われたステラは、ふとユルルクのギルドで双子姫に任せていた臨時治療院のことを思い出した。

元々はステラがギルドから頼まれて冒険者に回復魔法を施していた、週に数回開かれていた治療院だ。リーンハルトと共にアマリア公国へ行く際、双子姫に代理を任せて出国したのだったが、その双子姫は目の前にいる。

「ユルルクの臨時治療院は閉院したのでしょうか？」

回復魔法士は数が少ない。冒険者の多いユルルクでも、一日に何回も回復魔法を使える魔法使いはそうそう見つからないはずだ。

「うちらが出国する頃には、複数の回復魔法士が日替わりで交代しながら運営してたなの」

「日替わりですか？」

「竜神子物語かなんかでぇ〜聖女エステルが復活を目指し、修行していた場所ぉってことで聖地化したんだよねぇ。そうしたら回復魔法士の卵がたくさん来るようになってぇ、マダム・シシリーが喜びながら勧誘したってわけぇ」

「さすがマダム。抜かりないですね」

眼鏡を光らせ、ニッコリと新人を捕まえるマダム・シシリーの笑みが目に浮かんだ。

（マダム・シシリーにもお土産を渡しに行きたいけれど、聖地化しているってことは、私がユルクに行ったら騒ぎになっちゃうよね。ほとぼりが冷めるまで、まだ時間がかかりそうだなぁ。竜神子物語……なんて恐ろしい舞台なの⁉）

どこへ行っても耳にする竜神子物語の影響力に、ステラは改めて戦慄した。

そしてギルド繋がりで、話題は先程の魔物の討伐についてへと変わった。

「僕たちイーグルも強い魔物を求めて各国を転々として、様々な文化に触れてきたが、エムメルスは宗教国家とあって特に異質なようだね。ダンジョン以外で魔物の討伐管理をするのはどこもギルドで、中途半端に国が介入するところはここが初めてだよ」

アーサーの言う通りだ。エムメルス神聖国の神官は魔物に対する意識が繊細で、「民は我らが守る」という意識が強いように感じる。神官でこの意識ならば、聖騎士はどれだけのものなのだろうか。

そこでステラは先日クラウディアから聞いた、地下シェルターと転移門のことをアーサーたちに話した。

アーサーは難しい顔をした。

「速やかに避難するのならば、移動距離が短くなるように地上に作るべきじゃないのかな？」

「うーん、多分ですが……転移門はとても貴重な設備です。外敵や自然災害から守ったり、管理しやすくするために、あえて地下を選んだのだと思います」

リンデール王国のダンジョンに行く際に転移門を利用したが、ひとつは王城の守りの固い奥の部屋に置かれ、もうひとつは魔物に壊されないよう前線から離れた第二キャンプ地の砦の中に設置してあった。

その意見にさらに疑問の声をあげたのはリーンハルトだ。

「しかしシェルターを巨大にする必要性はあるのだろうか。アーサーさんの言う通り、逃げるまでにかかる時間が長いとリスクも高まる。それに警備のことを考えれば神殿内の方が適していると思うのだが」

「確かに……」

「それに瘴気が少ない土地と言われているが、魔物が生まれているところを見るとゼロではない。地下に瘴気が溜まって問題が起きたりしないのかと、少し心配だな」

瘴気が溜まり、核が生まれることでダンジョンはできる。また瘴気に長く晒された野生動物が魔物になることだってある。

　リーンハルトはそういった懸念を抱いたのだろう。じっと彼が見つめる空いたグラスに、アーサーがワインを注いだ。

「まぁ瘴気は風魔法で換気すればどうにかなると思うけどね。エムメルス神聖国には瘴気を払う一族もいるという話だから、彼らがどうにかするんじゃないのかな？」

「巨大な空間であれば、それだけ瘴気も溜まって払うのも大変なような――いや、この話はやめよう。今日は楽しい酒にしたいしな」

「良いね。ハル君は飲める方かな？」

　アーサーが空間魔法の中から、カラメル色の酒瓶を一本取り出した。貴族でも手に入れるのが難しいと言われている、リンデール王国産の高級ウィスキーだった。海を渡る直前に豪商の護衛依頼を受けた際に、対価のひとつとして貰ったらしい。

　それにはリーンハルトも目を輝かせた。

「くく、いつも冷静でクールなハル君がそんな表情をするとはね。貴重な酒を出した甲斐があったよ。モルトグラスも買っておいて良かった――《氷丸《アイスキューブ》》」

　カランと音を鳴らして氷の球体がグラスの中に転がった。そこに琥珀色のウィスキーが惜しみなく注がれる。独特のいぶされた香ばしい匂いが鼻腔を抜けていった。

　リーンハルトは上澄みを口へと流し込んで、顔を綻ばせた。

「美味しい。だが少しキツイな」

「どの国も基本的にはビールとワインばかりだからね。口がそっちに慣れてしまっているんだろう。それらと比べてアルコール度数の高いウィスキーはゆっくり飲む酒だ。水のように飲めないからって、困ったことにイーグルでも僕しか飲まないから、誰もウィスキーの良さに共感してくれないいんだよ」

「確かに少しずつ味わいたい酒だな。ステラも飲んでみるか？」

香りに誘われじっと見つめていたステラに、リーンハルトがグラスを差し出した。彼女は貴重な酒を自分から強請ることに腰が引けていたので、素直に受け取った。

ウィスキーを飲んだことのないステラは恐る恐る口をつけ、飛び上がりそうになった。

「喉が焼けそう！　でも確かに味のキレは強いけれど、ほのかにする焦がしたキャラメルのような甘い香りが口当たりを丸くして、慣れたらついついつい飲みすぎちゃうそうな大人の味だね。ハル……」

もう少し飲みたいな――という気持ちを込めて視線を投げかける。

それに反応したのはアーサーで、肩を揺らしながら新しいグラスを用意する。

「ははは、ごめん。相変わらず見た目に反して酒が好きなようだね。残りのウィスキーはふたりで飲んでくれて良いよ。君たちが結ばれたことへの祝い酒としてね。グラスもあげるよ」

ステラの前には先程と違って大きい氷の球ではなく、細かく砕かれた氷が浮かんでいた。飲みやすいようアーサーが配慮してくれたようだ。

「ありがとうございます！」

「アーサーさん、ありがとう。ステラ、キツイ酒なんだから飲みすぎに気を付けるんだぞ」

「分かってるって。ハルは心配性だなぁ、私そんなに弱くないよ？」

「……」

リーンハルトから思い切り疑いの眼差しを向けられてしまう。それどころかアーサーや他のメンバーもステラを信じていない目をしていた。

「またまた皆さんったら」

ステラはいた堪れなさを誤魔化すように、ウィスキーのグラスを傾けた。

しかし一時間後出来上がったのは、周囲が想像した通りの笑い上戸の彼女だった。視界がふわふわと揺れ、足元も危うい。ちなみにウィスキーのボトルは半分も空いていない。

「ハル歩けないよ～ふふふ」

ステラは助けを求めるように、両手をリーンハルトに伸ばした。

「仕方ないな。ほら俺の首に手を回せ」

「えへへ、はーい」

結局彼女はしっかりとリーンハルトにお姫様抱っこされ、ホテルへと帰ることとなった。

翌朝リーンハルトの妙に爽やかな笑顔の前で目覚めたステラは、自分の愚かさを嘆いた。

「街の中でお姫様抱っことか恥ずかしすぎるんだけど⁉　それに皆さんにも見られた……」

街の人だけではなく、イーグルという知り合いにまで見られたことが痛い。「どうして、おんぶじゃなかったの？」と訴えてみたものの、彼は笑みを深めて答えた。

「珍しくステラから抱っこして欲しいと甘えてきたんだ。やるしかないだろう?」

「そうでしたぁ!」

　ステラは両手で顔を押さえ、ベッドの上で転がった。そしてその日は二日酔いで、一日のほとんどを寝て過ごすことになった。

◇◇◇

　二日酔いが治った翌日、ステラとリーンハルトは再び街を散策していた。これまではお店が立ち並ぶ商業エリアや観光エリアを巡ってばかりだったが、今日は趣向を変えて裏通りを歩いていた。他国ではこういった場所で穴場の店を見つけたりしたのだが、エムメルスではまだ見つけられていない。

　建物は変わらず白亜の壁ばかりで、店の看板などの目印がないため迷路に迷い込んだように錯覚する。賑わいは遠く、静かで穏やかな時間が流れていた。

　けれどもしばらく歩いていると、たくさんの甲高い声が聞こえてきた。

「何かあるのかな?」

「子どもたちの声のようだ。見に行ってみようか」

　リーンハルトと一緒に声のする方へと進むと、タウンハウスほどの大きさの建物と、手入れが行き届いた広い庭があった。

　庭では子どもたちが木の棒で剣の練習に励み、建物の日陰では修道女がより幼い子どもたちに紙芝居の読み聞かせをしていた。子どもたちは揃いの服を着て、お行儀よく修道女の言うことを聞いていた。

（教会が運営している学校かな？）

　そう思いながら見ていると、老齢の修道女が声をかけてきた。

「旅のお方、孤児院になにか御用ですか？」

「ここが孤児院なんですか？」

　ステラは驚きながら、改めて建物や庭を見た。ひび割れていない壁に、身なりを整えた子どもたち。汚れ、痩せこけたような子はひとりもいない。

　十歳を迎えるまで孤児院で育った彼女は、軽いショックを受けていた。

「ステラ、どうした？」

「私の知る孤児院とは全く違っていて、驚いちゃったの」

　お下がりばかりで服はツギハギだらけ。着替えの予備は最低限で、洗濯もなかなかできなかった。食事も質素で毎日二食が基本。たまに一食しか食べられないときもあったほどで、どの子どもも痩せこけていた。もちろん怪我をしたり、病気になったりしても薬を与えられることはなかった。

　劣悪な環境だったからこそ、仲間を助けたくて、ステラは本能的に回復魔法に目覚めたのだが。

「そうか。ステラは孤児院出身だったもんな。確かにここは立派に見えるが、そんなに違うものなのか」

「私がいた孤児院が特に貧しかったのもあるだろうけど、生活水準が遥かに高く見えるの。衣食住がしっかりしていることも考えたら、リンデールの平民が通う学校よりも良い環境だと思う」

ステラが感心して見ていると、修道女が顔を綻ばせた。

「この孤児院にご興味を持っていただけたのであれば、是非私に施設の案内をさせくださいませ」

「見られるんですか？」

「ええ、我らが神であるエムメルス様の偉大な恵みを知っていただく、良い機会ですから」

「ハル、良いかな？」

「もちろん。俺も興味はあるから」

話しかけてくれた修道女は孤児院の運営を任されている院長だった。見た目通り優しい人柄なのだろう。すれ違う子どもたちは、明るい笑顔で挨拶していった。

三階建ての建物の中へ入れば外観のイメージと違わず、修繕や清掃が行き届いていることが分かる。

「一階は食堂や大浴場など共同生活をする場所、二階は勉強をする教室、三階は寝床となっていて一部屋六人の相部屋となっております。見ていただきたいのは、二階でございます」

階段を上ると長い廊下を挟んで複数の教室が並んでいた。授業の邪魔にならないように扉のガラス窓から、中の様子を覗いた。きちんと個人の机と教科書が与えられ、皆集中して教師の話に耳を傾けている。

「授業は年齢別に行います。語学、計算、歴史、教典、希望する子には外で剣術も学ばせております」

「教育にも力を入れているのですね」

「教育の質で将来は大きく左右されます。疎かにせず優秀な子どもを育てて輩出し、社会に貢献すれば、民はこの孤児院に大きな価値を見出します。すると優秀な人材が欲しいと、投資として寄付金を提供してくれる後援者が増えるというわけです」

資金が増えれば、それだけ子どもたちにもお金をかけられるようになる。教材はもちろんだが、良質な食事に新しい服が貰えると分かれば、それ欲しさに子どもたちはさらに勉学に励むのだとか。孤児院で培ってきた知識は社会に出てからも役立ち、明るい未来の展望が描けるようになるだろう。

民と教会、子どもたちの三方で好循環をもたらしていた。

ステラだけでなく、リーンハルトも感心しながら院長に話しかける。

「エムメルス神聖国の孤児院は、どこもこのようなところばかりなのだろうか？」

「いえ、ここは高位神官であるギデオン様が四年前より直接主導している孤児院ですから、特別環境が整っており、他はまだまだここには及びません」

ギデオンと言えば、聖女クラウディア専属の神官だ。彼女に初めて会ったときに、ギデオンは素晴らしい人だと自慢していたことが思い出される。

「そのギデオンは、これまでの責任者と考え方が違うと？」

「はい。今までは子どもたちを成人まで育てれば、孤児院の役割は終わりでした。ですがギデオン様の提言で、寄付金を多く出仕してくださった方に、優先的に優秀な子どもを紹介するようにしたのです。すると今まで寄付金は貴族しか出資していなかったのですが、優秀な働き手が欲しい商家まで寄付金を出すようになったのです」

「商家は優秀な人材を手に入れ、子どもたちは良い就職先が見つかるという仕組みか。孤児院の負担は増えるが、良い取り組みだ」

「ある程度の額の寄付金を出してくれた方の名前は銀のプレートに刻んで、本神殿の通路に飾られます。エムメルス神を信仰する民にとって名誉なことであり、私たち職員もエムメルス神の御心を満たすことだと思えば、この程度負担ではございませんよ」

院長の表情は自信と誇りに満ちていた。

（これは横領をしないなど、経営者が善良でなければ難しいことだわ。でも実現している。クラウディアに負けず劣らず、ギデオン様たちも心から国と子どもたちの将来を考えているのね）

レストランでクラウディアを迎えに来たギデオンは神経質そうな雰囲気で、ステラはどこか近寄りがたいイメージを抱いていた。だがこの孤児院を知って、彼に対する好感度が上がった。

「ギデオン様は素晴らしい神官なんですね」

「ええ。商家に就職するよりも、ギデオン様のような神官になりたいという子どもも少なくありません。ですけれど、神官になりたい理由は聖女様のお力になりたいという思いからです」

　ギデオンが孤児院の事業にこれほどお金と人を動かせたのは、聖女の全面的な協力あってこそだと、いつも職員や子どもたちに説いているのだという。本神殿に後援者の名前入りプレートを飾るというアイディアは聖女の発案で、彼女の権限がなければ実現しなかったらしい。

　院長はうっすら瞳に涙を浮かべて、今代の聖女を選んだエムメルス神への感謝を語った。

「歴代の聖人様、聖女様も素晴らしいお方でしたが、今代の聖女様は特に博愛の精神をお持ちです。あのお方だからこそ、長年変わらなかった孤児院に新しい風が吹いたのでしょう。我々はこのご恩をどう返していけば良いのか、日々考えるばかりです」

　クラウディアは「ステラ様のように人を救う力がありませんから」と肩を落としていたが、そのようなことはなかった。ステラとは全く違う方法で、多くの人の生活と将来を守っていたのだ。

（これこそ私が聖女のままだとしても、できないことだわ。クラウディアは知っているのかな？あなたは凄いわ）

　クラウディアとギデオンが力を入れている孤児院の事業は、まだ始まって数年。これから事業が拡大してもっと目に見える成果に繋がれば、クラウディアも自信を持つことができるだろう。

　院長につられて、ステラの胸も熱くなった。

　すると授業を終えた子どもたちが廊下へと出てきた。

「わぁ、亜人だ！」

　リーンハルトの姿を見た子どもたちは目を見開き、わっと騒ぎ立てた。

「こら、お客様にはまず挨拶でしょう！　申し訳ございません。亜人の方を見るのは初めてなもので、大変失礼を」

「いや、大丈夫だ。子どもたちの視線から悪意は感じられないし」

気分を害した様子もなく、リーンハルトは笑顔で返した。長身の彼はしゃがんで、院長に怒られしょんぼりしている子どもたちを手招きをした。

「見てみるか？」

彼は腕まくりをして、少しだけ獣化させた腕を見せた。色白の肌に、青く透き通るような鱗が浮く。

キラキラと目を輝かせた子どもたちは、あっという間にリーンハルトを囲んだ。

「綺麗な鱗だね。お魚さんみたい！」

「お兄さんは何の亜人なの？」

「見かけない変わった服だね。何をしている人なの？」

子どもたちは彼に興味津々で、矢継ぎ早に質問を投げかけた。

「俺はトカゲの亜人だ。一応、冒険者をしている」

「えぇー亜人って強い人多いんでしょ？　冒険者じゃなくて聖騎士になれば良いのに」

「俺の故郷や、一緒に来ている彼女の国では強くても騎士にならず、あえて冒険者になる人が多いくらい人気の職業なんだ。国によってその職業の立ち位置は違うから、偏見を持たずしっかり学ぼうな」

「じゃあトカゲのお兄さんも強いの？」

「君たち全員と戦って勝てるくらいには」

そう言うと、子どもたちは「すごい、格好良い！」と素直に驚き、笑顔を咲かせた。

褒められたリーンハルトも、くすぐったそうに微笑んだ。

「さぁ、皆さん次の授業の時間ですよ」

「はーい」

院長に促され、子どもたちはステラとリーンハルトに手を振りながら教室の中へと戻っていった。賑やかだった廊下はまた静かになった。

ふたりは院長に案内してくれたお礼と、少しばかりの寄付金を渡して孤児院を出た。

「良い孤児院だったね。クラウディアに話したら喜ぶかな？」

「そうだな。憧れのステラから感想を聞いたら嬉しいに決まっている」

「ねぇ、ハル。もう少し散歩しても良いかな？　クラウディアが大切にしている街を改めて見たいの」

「もちろん。いくらでも付き合うよ」

ステラとリーンハルトは手を繋ぎ、白亜の街を巡った。

◇◇◇

エムメルス神聖国の首都には、本を取り扱う施設がいくつもある。新刊専門の本屋に古本屋、無料で本の閲覧ができる公共図書館や、有料で本が借りられる貸本屋など形態は様々。まだクラウディアから接触はない。ただ待っているのも時間が勿体ないからと、ステラとリーンハルトは公共図書館を訪れていた。

実はこの図書館には有料書庫エリアがあり、そこには価値の高い本や専門書が所蔵されている。ここにならドラゴンに関する資料や、魔法と医学に関する書物があるのではないかと、探しに来たのだった。

建物の外の白い世界とは対照的に、図書館の中はあらゆる色が凝縮されカラフルな世界だった。有料エリアだけでもユルルクの公共図書館の倍の広さはあり、書架の高さも相当ある。四方を囲む本の存在感に圧倒される。

「ステラ、本を見つけたらこのテーブルで読もう」

「分かった。あとでね」

ステラとリーンハルトは、分かれて各々目的の本を探すことにした。ステラの目的は病に関する医学書と、治療に関する本だ。隙間なく並んでいる背表紙にゆっくり目を通していく。

（消化器系、外傷、基礎疾患……肺なら呼吸器系だね。魔力も乱れていたんだっけ。どの治癒系の魔法が効いたか分からないから、魔法の本も何冊か選ぼうっと）

リーンハルトの病のことを思い出し、ヒントになるようなタイトルを探していく。

（きちんと勉強して、いつでも治せるようにしなきゃ！）

選んだ本をしっかりと抱きかかえ、テーブルに戻るとすでにリーンハルトが待っていた。彼の前には三冊の本が重なっている。

「目的の本はあったの？」

「一応な。だが、どれも事実というよりは憶測で書かれているものらしい。どこまで信じて良いのか」

過去にドラゴンが実在していたのは確かだ。しかし当時は神聖な存在について書き記することなど恐れ多いと、本として残す人は少なかったらしい。人里離れた森の奥に住み、圧倒的な強さを誇るドラゴンに近づける機会がなかったのも原因だろう。

近代に刊行された文献は口伝で後世に引き継がれた話や、歴史から読み解いたもので、憶測の範疇《はんちゅう》を越えるものではない。

それでもリーンハルトは集中して読み始めた。

ステラは邪魔をしないようにそっと隣に座り、自分も本を開いた。

（胸に痛みを伴うことで呼吸が短くなり、肌の代謝にまで影響するような症状に該当する病気はない……内臓全体が機能不全に陥って、特に肺の症状の進行が速かったのかな）

リーンハルトの病と似た症状を見つけては治療方法を調べるが、薬による治療は不可能とされ、『癒やしの水《キュアアクア》』あるいは『癒やしの光《キュアライト》』といった治癒魔法で治すとされている。

紙が擦れる音を何度も耳にしながらしばらくして、あるページで手を止めた。

（魔力暴走……魔力の乱れに対して治す方法は確立されておらず、時間の経過を待つしかない？でもハルは私の魔法ですぐに魔力の制御が再びできるようになったって、そう言ってたのに）

治癒魔法の本を開き、効果を調べていく。

しかしどの治癒系の魔法でも、魔力の乱れに関しては無効と書かれていた。

(どうして治ったんだろう。私が魔法に込めた魔力量が多くて、偶然治った？　それとも内臓が治ったことで、時間が経過したのと同じ効果がでたのかな。偶然じゃ困るんだよ〜)

魔力暴走と治癒魔法のページを何度も見比べるが、頭の中がぐるぐると回り始め混乱を深めるばかり。「むぅ」と唸りながら本にかじりつくが、ついに天を仰いだ。

(体の表面積をα、魔力量をβ、年齢をγ、抵抗をΩとしたときの相対的関係は次の式で成り立つ……ってどういうこと？)

魔力理論の本にも手を出してみたが、解けない計算式ばかりが並び、難解な言葉も多くお手上げだ。

「そっちも求めた答えは載ってなかったようだな」

「うん……魔力の乱れが治った理由が気になったんだけど、全く分からなくて。そっちもってことは、ハルも収穫なしなんだね」

「どれも俺がすでに知っていることばかりだった。やはりクラウディアを頼る他ないらしい」

そのクラウディアの姿がないかと街を歩くたび見渡したり、リーンハルトが気配を探ったりはしているが、今日まで会うことはなかった。

幸いにも時間はたっぷりとある。ふたりは滞在期間の延長を決めた。

「せっかくだから、他の本も見ていかないか？」

リーンハルトは一度席を立ち、絵本を持ってきた。

勇者とドラゴンが手を組んで、魔物を生み出す『魔王』と呼ばれる親玉を倒す童話だ。ドラゴンが神の遣いと呼ばれるようになったのは、人間を助ける存在として登場するこういった童話が人気だからだろう。

「絵本って懐かしい。レイ兄さんに読んでもらっていたなぁ」

まだ文字が読めなかったステラに、義兄レイモンドは面倒くさがることなく読み聞かせてくれた。文字を覚えたあとも、彼の柔らかな声色が心地よくて、読んで欲しいとせがんだこともあった。そんなことを思い出し、彼女は顔を緩ませた。

リーンハルトも幼少の頃を思い出しているらしく、無邪気な笑顔を浮かべた。

「絵本を読んだ俺は、竜人である自分が悪い奴を全部倒してやるって、幼いときは息巻いていたよ。ほらこのシーンとか、男の子の英雄願望をくすぐるだろう？」

「――っ」

本を覗き込もうとしたリーンハルトの顔がステラの顔の真横に寄せられた。深みのある青い髪が彼女の頬に触れ、心がくすぐったくなる。

（亜人が親愛の表現として顔を寄せる習慣があると知ってから、なんともないときまで変に意識しちゃうなぁ）

すでに慣れてきた距離にもかかわらず、熱は勝手に顔に集まろうとする。それだけステラにとってリーンハルトは愛しく、代えがたい存在という証拠だ。

静かな図書館でわずかに速まった自分の鼓動に耳を傾けながら、本のページを捲《めく》っていった。

「そうだ。ステラは幼い頃は、どんな本が好きだったんだ?」

「ハルと同じで、勇者や騎士のお話が好きだったよ。レイ兄さんが選んだ本ばかりだったから、自然と男の子向けの本が好きになっていったかな」

お姫様が出てくる絵本も何冊かあったが、繰り返し読んだのは剣と魔法のファンタジーを描いた絵本だった。

「ステラの好みはレイさんの影響なんだな。俺は今も英雄譚の小説が好きだから、レイさんとも本の趣味が合いそうだな」

「レイ兄さんは読書家だから、おすすめの本を伝えると喜ぶと思うよ」

リーンハルトとレイモンドは、ステラにとってどちらも大切な人だ。そのふたりが仲良くしてくれるのはとても嬉しいと、そう思いながら彼女は絵本の表紙を撫でた。

そのあとふたりは図書館を出て、面白い本を探して本屋を巡っている間に夕方を迎えた。

「今夜もギルドで食べないか? 前回は酒のあてばかりだったが、メニューを見たらエムメルスの郷土料理がけっこうあったんだ。覚えているか?」

「うん、記憶に残ってますとも。実はイモで作ったパスタ料理が気になっていたの。想像がつかないんだよね」

「よし決まりだ」

こうして入ったギルドの食堂で気になるメニューを頼み、並べられた豪快な料理に目を輝かせる。

イモでできたパスタは大きな豆ほどのサイズに練られた団子のようなもので、チーズソースがたっぷり絡められていた。油でサクサクに揚げられた野菜チップスや、鉄板で熱々に焼かれた香辛料たっぷりのお肉も美味しそうだ。

ホテルのような上品さはないが、熱々の湯気が良い香りを運んでくる。

熱いうちに食べよう――とフォークを持ったとき、血相を変えた少年がギルドに走り込んできた。

「ここに回復魔法士はいませんか⁉」

他のテーブルにいた回復魔法士の男性が二階の手すりから下を覗き、手をあげた。

「怪我人の状況を教えてくれないか？」

「旦那様が蜘蛛の魔物の毒を浴びてしまったのです！　水で洗っても、薬をかけてもいっこうに良くならなくて」

話を聞いた途端、男性回復魔法士の表情は険しくなった。魔物の毒には瘴気が多く含まれているせいで、回復魔法も効きにくいのだ。

希望が絶たれたと思った少年は項垂《うなだ》れるが、すぐにハッとしたように何かを思い出し、慌てて口を開いた。

「亜麻色の髪を持つ女性の回復魔法士をご存知ですか？　旦那様を看病してくれている修道女の

方が、その女性は凄い回復魔法士だから、伝があれば呼んで欲しいと言っていたのですが」

「――っ！」

看病している修道女はクラウディアに違いない。自分のことを言っているのだと分かったステラは、リーンハルトに目配せをしてすぐに立ち上がった。

「私です！　今すぐ案内を――お隣さん、まだ手を付けていないのでどうか食べてください！」

まだ注文をしていない食堂に来たばかりの冒険者に料理を譲り、ステラとリーンハルトはギルドを飛び出した。

少年に案内された治療院では、医師やその助手がただ患者を静かに見守っているだけだった。手の施しようがないのだろう。見習いの修道女が懸命に患者を励ます言葉だけが響いていた。

「お待たせしました。回復魔法士のステラです」

「ステラ様！」

振り返った修道女はやはりクラウディアだった。彼女の肩――定位置にはイタチ姿のルッツが乗っている。

「あぁ神よ、感謝いたします。ステラ様が見つかって良かったですわ」

「状況は？」

「商人の方らしいのですが、道中で魔物に襲われたらしいのです。毒を含む蜘蛛の糸を顔から浴びていたので洗い流したのですが、毒の浸食が止まりません。薬を塗っても効かず、治療院の回復魔法士の魔法も効果は薄く、口からも毒が入ってしまったのか、話すこともできず苦しそうでこのままでは……申し訳ありません。わたくしでは力不足で、一度お会いしただけのステラ様に突然こんな願いを――」

患者である商人こそ見ず知らずの他人だろうに、クラディアは自ら治療の手伝いをし、心の底から身を案じている。その優しい心にステラは応えたいと思った。

「任せて。最善を尽くすから」

改めて患部を見る。怪我を見慣れている彼女ですら言葉を詰まらせてしまうような状態だ。顔の皮膚は瘴気を含んだ毒で黒く染まり、壊死が始まっていた。呼吸も弱まっている。

（内部まで深く毒が侵食しているみたい。いつもの回復魔法を施すだけじゃ治しきれない。少し調整が必要ね）

ステラは一度深呼吸をしてから商人の顔に手をかざした。

「《解　毒《アンチドーテ》》、《癒やしの水《キュアアクア》》」

ステラは毒を中和するイメージを描きながら魔力を強引に押し込んで、体内の中心から外へと広がるように治癒魔法を展開する。

「《回復《ヒール》》！」

最後にたっぷりと魔力を込めて回復魔法を使う。淡い光が商人の顔を中心に全身を包み込んだ。年齢の判別すらできなかった商人の顔から、ゆっくりと黒く爛れていた痕が消えていった。商人は四十代ほどの温和な容姿の男性だった。

彼の瞼がゆっくりと開かれると、ステラは調子を伺った。

「どうですか？」

「い、痛みが消えた……呼吸も楽に。しかも諦めていた目まで見えるぞ！」

「治ったようですね」

きちんと効いたことにステラは安堵のため息をついて、隣のベッドに腰掛けた。魔力はまだ残っているが、やはり解毒《げどく》の魔法のコントロールは難しく魔力の消耗も大きい。

「さすがだな。お疲れ様」

リーンハルトがステラの肩に手を載せ、働きを労わってくれる。

商人の男性は確かめるように何度も顔を撫で、治療院の者は驚愕の表情で様子を見ていた。クラウディアはホッとした表情だ。

次第に状況を飲み込んだ商人は胸の前で手を組んで、ステラの足元で膝をついた。

「神よ。平和を司るエムメルス神よ……私に救世主を遣わせてくださったこと深く感謝いたします。ステラ様と言いましたね。本当にありがとうございます。どうかお礼をさせてください」

商人は従業員である少年に指示を出し、大きなトランクをステラの前に広げた。

中には小箱がたくさん詰め込まれており、商人はひとつひとつ丁寧に蓋を開いてベッドの上に並べていった。希少価値の高い宝石に大粒の真珠、輝きが眩しい白金のネックレスなど高価な物ばかりだ。

リーンハルトのピアスを探すときに宝石の価値を学んでいたからこそ、目の前に並べられた装飾品の価値の高さに慄《おのの》く。

「どうぞ、お好きな物をおひとつお選びください」

「こ、こんなに高価な物は困ります」

働いた分はしっかり報酬をいただく主義ではあるけれど、過分な報酬はさすがに受け取れない。

「そうですか……では、何かお探しの物はありませんか？　私でご用意できる物ならば、希望に添った物をお持ちいたしましょう」

「欲しい物……そうだ！」

ステラはレイモンドへのお土産について相談することにした。

「私の義兄のプレゼントにおすすめの品はありませんか？　彼は商家に勤めていて、アンティークを取り扱う仕事をしていているんです。何か役立つ物を贈って、喜ばせたいのですが」

「ふむ、ではこれなんかどうでしょうか」

商人が出したのは銀の懐中時計だった。意匠を凝らしたハンターケースを開けると中央がガラス製になっており、駆動の要である機械仕掛けが見える美しい文字盤が現れた。歯車が複雑に並び、それぞれ違った速さで回る様子が美しい。

ステラの口から思わず感嘆のため息が漏れた。

「使っている素材に特別な物はありませんが、時間の狂いも少なく、これほどまでに美しい時計はなかなかないでしょう。商人に時計は必要な物ですし、これを見たお客様からは見る目があると、信頼も得られるのではないでしょうか」

まさに義兄レイモンドにぴったりの品だった。彼が使う姿を想像してみると、落ち着いた銀色がよく似合いそうだ。

「本当に頂いても良いんですか？」

「もちろんですとも。命を救ってくださったことと比べたらお安いものです」

「素敵な物をありがとうございます」

「お礼を言うのはこちらです。改めてお救いくださり、誠にありがとうございました」

ステラは綺麗な小箱と共に懐中時計を受け取ると、失くさないようにすぐに空間魔法で収納した。

「ステラ、そろそろ暇《いとま》しよう」

リーンハルトに囁かれ、周囲から強い視線を向けられていることに気付く。

回復魔法の本領を見せすぎたらしい。騒がれるのは苦手だからと、自分のことをあまり周囲に口外しないよう頼み、ステラはリーンハルトと共に早々に治療院から去ることにした。

その際まだ治療院の人と話しているクラウディアの代わりに、肩に乗っているルッツに視線で合図を送った。

治療院から出た道先で待っていると、クラウディアがすぐにあとを追ってきた。

「今回も助けてくださりありがとうございました」

「よく私たちが冒険者ギルドにいることが分かったね？」

「リーンハルト様のお姿は目立ちますから。亜人はこの国でも少ないですし、整った容姿をなさってますから街の奥方たちの間で話題になっていたのです。居場所は見つけられる自信がありましたわ。先日は青髪の美青年がギルドから女の子を持ち帰っていったという話も聞きまして、ふふふ。お熱いですわね」

「な、なるほど」

お姫様抱っこの話がクラウディアの耳にまで届いているとは思わなかった。ステラは曖昧に笑うしかない。

けれども再会できたのだから幸運だ。こちらから探す必要がなくなった。それはクラウディアも同じだったようで――

「また突然のお願いで申し訳ないのですけれど、もう少しだけわたくしにお時間をくださりませんか？　できれば他人の目や耳がないところで……」

じっとステラたちを見つめるクラウディアの眼差しは真剣で、表情もどこか固い。

お店の個室とも考えたが、店員が出入りしては落ち着けない。ステラたちはふたりが泊っているホテルの部屋に案内した。

大きなベッドがひとつに、テーブルセットが一組置かれているシンプルな部屋。値段以上に部屋は広く、サービスも良い当たりのホテルだ。

クラウディアとルッツを椅子に座らせ、ステラとリーンハルトは並んでベッドに腰掛けた。

何度もお忍びで街に出てきているはずのクラウディアだったが、ホテルの客室を見るのは初めてのようで、キョロキョロと室内を見渡している。

お茶を用意してくれているルッツはやや呆れ顔だ。

「クラウディア様、あまり見ては失礼ですよ」

「だってルッツ、ホテルとはいえ憧れのステラ様とリーンハルト様の愛の巣ですよ。同室ですのよ。わたくしドキドキしてしまいますわ」

クラウディアとルッツは小声で話しているが、しっかり聞こえている。落ち着いて話すためにホテルを選んだのに、逆効果だった。彼女の視線はステラとリーンハルトではなく、ふたりが腰掛けているベッドで止まった。

クラウディアがどのような想像をしているのか、彼女の赤く染まった頬からなんとなく察せられる。

旅の途中で野営もするため、同じ空間で寝ることが当たり前になっているステラとリーンハルトだったが、一線は越えていない。仲良く手を繋いで寝るだけだ。そう、正式に結婚するまでは――と約束しているのだが、改めて他人に説明するのもおかしな話だ。

「クラウディア、話を聞かせてもらっても良いだろうか」

リーンハルトがほんの少し耳の先を赤くしながら、気まずい空気を断ち切った。

何も言い出せなかったステラは、彼の勇気に心の中で猛烈に感謝した。

クラウディアもハッと我に返り、すまし顔になる。

「コホン、そうでしたわ。エムメルス神聖国の聖女としての条件が、神の目を持つことであるのはご存知ですか？」

「瘴気や魔力の流れを読めるという目のことで間違いないか？」

「リーンハルト様、その通りです。今回、失礼ながらステラ様が魔法を行使する際に見えてしまったのですが……ステラ様の治癒魔法や回復魔法は、他の魔法使いとは全く異なる魔力の流れをしておりました」

クラウディアは「どうやってお伝えしたら」としばし思索したのち、再び口を開いた。

「神の目から見た一般的な回復魔法は患者の魔力の流れに合わせ細胞を活性化させ、再生を促進させるものですわ。通常、瘴気が含まれる傷口に回復魔法が効きにくいのは、瘴気によって患部周辺に流れる魔力が乱れるため、回復魔法士が込めた魔力まで乱されてしまうからなのです」

瘴気が含まれるか含まれないかで、怪我の治り具合は天と地ほどの差がある。瘴気が含まれた傷の場合、腕の良い回復魔法士であっても傷口を塞ぐことができれば良い方で、痕は残ってしまうことが多い。複数の回復魔法士が重ね掛けする必要があった。

(傷の治りの遅さは瘴気そのものよりも、乱れた魔力が原因ってことだよね)

ザワリとしたものがステラの心を撫でる。

「ですがステラ様は今回、濃い瘴気を含む怪我も綺麗に治してしまいました」

「それは治癒魔法の解毒《アンチドーテ》と回復魔法といった複数の魔法を重ねて、魔力もたっぷりと込めたからなんじゃ」

「それもあるかもしれませんわ。ですが、わたくしの目には見えたのです。ステラ様が魔法を使うと同時に、患者の魔力の乱れ自体が収まったところを」

「――え？」

想像もしなかったことに、ステラは思わず間の抜けた声を出してしまった。

回復魔法でも治癒魔法でも魔力の乱れは治せないと、図書館の本で読んだばかりだ。

（どうして……私は特別な魔法を使ったわけじゃない。回復魔法士なら誰もが使う基本的な魔法なのに）

使っている魔法が普通だとして、もし異なるものがあるとしたら――

「私の魔力の質が普通じゃない？」

「はい。知られていないだけで、変わった魔力を持つ人は多く存在していると思いますわ。例えばわたくしたち神子の一族は、普通の魔力では不可能な瘴気を払う力を有しておりますもの。同様に回復魔法士も癒しの力を持っているという時点で、普通の魔法使いとは一線を画します。その中でもステラ様の魔力はさらに質が違うようですわ」

ドクンと鼓動が強く打った。ステラは自分を落ち着かせようと、膝の上に載せた拳に力を込めた。

「じゃあ回復魔法士でも腕のある人は、私と同じような魔力を持っているってこと？」

「その可能性は低いですわ。そうであれば、他にも瘴気に影響されない回復魔法の使い手の存在が有名になっても良いはず……これまで自分は他の回復魔法士とは違うかも、と思ったことはございませんか？　ひとつも心当たりはございませんか？」

ステラは数年前の記憶を呼び起こした。

リンデール王国の大規模ダンジョンに参戦していたとき、多くの負傷した騎士たちを見た。もちろん瘴気を含む毒によって負傷した騎士も多く、他の回復魔法士が苦戦していたのを覚えている。

　けれども自分はどうだったか。少しでも魔力が残っていれば、他の回復魔法士が断念した傷も治せた。

（回復魔法の能力が優れていたというよりも、魔力の質が特殊だから魔力の乱れを治せて、傷も治せた。ダンジョンのときだけじゃない。もしかしてあのときも――）

　明確な心当たりに、ステラは隣に座る青い髪の竜人を見る。

「俺の病だな。体内で暴走していた魔力も、ステラの治療後はすっかり落ち着いた。機能不全に陥っていた内臓が治り、病の原因が取り除かれたおかげかと思っていたが、ステラの魔力が直接作用したということなのか？」

「その様子を見ていないので断言はできませんが、可能性は高いと思いますわ。わたくしも神の目をもってステラ様の魔法を見たのは今回だけ。毎回効果を発揮するのか、それとも偶然なのかまではちょっと……」

　クラウディアは申し訳なさそうに、目を伏せた。

「ねぇ、私の回復魔法をまた見てもらうことってできるかな？」

　気付けばステラはそう口にしていた。自分の中に知らない何かがあるというのは、心穏やかではない。私情でエムメルス神聖国の聖女にさらに頼みごとを増やすなど、我儘だと分かっているけれど……考えよりも先に口が動いてしまっていた。

「わたくしも再び確認したいところですが、魔物の毒を浴びる患者は滅多におりませんわ」

「だよね。ごめん、無理なこと頼んじゃって」

ステラはクラウディアが気にしないように、努めて明るい笑顔を浮かべて身を引いた。

しかしルッツが手をあげた。

「クラウディア様、僕に考えが」

「ルッツ、言ってみて」

「森で保護した例の動物たちの施設に案内してはどうでしょうか？　人間でもありませんし、毒に冒されているわけでもありませんが、ちょうど良いかと」

クラウディアは「妙案ね！」と表情を明るくさせた。

街の外れに動物の保護施設があるようで、回復魔法を調べるのにちょうど良い条件が揃っているらしい。次にクラウディアが神殿を抜け出せるタイミングに合わせて会う約束をした。

「ありがとう、クラウディア。重ね重ね申し訳ないんだけれど、このことは今いる四人だけの秘密にしてくれないかな。話が広がって、大事になるのは避けたいの」

「もちろんですわ。聖女の名にかけて秘密は守り抜きましてよ！　ルッツも良いですわね？」

「承知いたしました」

「ふふふ、またステラ様たちと会う約束ができましたわ。秘密の内容ですから、次はギデオンにも知られないよう誤魔化し、気合を入れて神殿を抜け出さなくてはなりませんわね」

まるで悪戯を楽しみにするような様子でクラウディアは笑った。

ギデオンの名を聞いて、ステラは先日アーサーたちと話していたことを思い出した。

「地下シェルターのことなんだけど、どうして転移門は神殿ではなく、地下に設置したのかな？　しかも巨大空間となれば移動が大変そうだと思ったんだけど」

「そう言われてみれば、そうですわね」

「あと風通しの悪い地下空間なら、わずかかもしれないけど瘴気も溜まりやすそうだなって」

「想像したことありませんでしたわ。勉強不足であることが恥ずかしいですわ。仰る通りどうして地下に大きな空間を……責任者のギデオンに確認してみますね。貴重なご意見ありがとうございます」

受け取り方によっては失礼な質問も、クラウディアは無下にすることなく聞き入れてくれる。一見すれば可愛らしい普通の女の子なのに、これがエムメルス神聖国の聖女の器なのかとステラは改めて感心した。

するとルッツがクラウディアに時間を告げる。神殿に戻る時間が迫っていた。

「神殿まで送らせて」

ステラの魔力に関することで、クラウディアたちにはホテルまで足を運んでもらったのだ。それくらいはさせて欲しいと思ったが、ルッツによって断られる。

「護衛に関しては僕がおりますのでご安心ください。それにステラ様とリーンハルト様が演劇上の架空人物ではないと、一部の神官は知っております。その特異な存在ゆえに、彼らに知られれば面倒ごとに巻き込まれるかもしれません」

そう言われてしまっては、引き下がるしかない。面倒に巻き込まれてしまったら、自然とクラウディアにも迷惑をかけてしまう。

ステラとリーンハルトは客室の扉の前でクラウディアとルッツを見送ることにした。

「日程が決まりましたら、このお部屋宛てに手紙をお送りしますわね」

「ありがとう。たくさん頼ってごめんね」

「いいえ！　こんなに直接頼ってもらえることなんて今までありませんでしたし、相手がステラ様とリーンハルト様ならば大歓迎ですのよ。お気になさらないでくださいませ」

クラウディアは頰をほんのり桃色に染めて嬉しそうに言うと、部屋の外へと出ていった。


夕食を食べ損ねていたふたりは、ルームサービスを頼んでご飯を食べることにした。一週間以上滞在しているが、このホテルの料理はいつも違ったメニューが出てくるので飽きがこない。けれども、今日はなんだか食が進まなかった。

代わりにステラはエムメルス産のプラムでできたジュースをくいっと飲み干す。

「ステラ、大丈夫か？」

「これはお酒じゃないよ。大丈夫だって」

「そうじゃなくて……」

リーンハルトの黄水晶の瞳からは、ステラの心中を心配していることが伝わってきた。

（やっぱりハルには見抜かれちゃうな……）

先程知ったばかりの特殊な魔力について、気にしない方が無理な話だった。

「うん……大丈夫と言えば嘘になるかな。少し動揺している」

自分の力について知りたいと思う気持ちは変わりない。回復魔法について造詣《ぞうけい》が深まり、もっとうまく扱えるようになるかもしれないという期待感はある。リーンハルトを治せたのも、おそらく異質な力のおかげだろう。

だけれど本当に魔力に干渉できる力なのだとしたら、使い方次第では相手の魔法を支配できるということだ。このことが他者に知られ広まったとき、善と認識されれば利用する者が現れ、悪と認識されれば排除されるかもしれない。

（今はリンデール王国の国王の配慮とアマリア公国の王兄ハルがそばにいるから誰も手を出してこないけれど、今後もそうとは限らない……迷惑をかけてしまうかも）

期待と不安——それらが混ざり合っていると正直に話した。

「一緒に知っていこう。ひとりじゃないんだ」

リーンハルトの手が優しくステラの背を撫でる。

「ドラゴンの力も同じだ。自分でも不安になるほどの大きな力だ。しかもまだ分からないことが多い」

「ハル……」

リーンハルトこそアマリア公国の王兄という立場のおかげで、他国からの干渉を避けていられる。

しかし表面化していないだけでドラゴンの力を欲している、または逆に警戒している国や組織は多い。本気で暴れるようなことがあれば、小さな国くらい彼ひとりで滅ぼせる力を秘めているのだから。

もちろん大きなリスク付きであることは、リーンハルト自身が一番理解している。

「特殊だからこそ自分の置かれている状況をきちんと把握しなければ、大切なものを守っていけない。俺はステラも、竜人族の将来も守りたいと思っている。余計な争いも生みたくはない。だからもっとドラゴンや病について調べたいんだ。今は自分のことだけではなく、不安に思うステラの力のことも一緒に知りたい」

彼の言う通り、知っていれば対応できることも増える。異端と呼ばれるような力は確かに怖い。しかし知る手段があるのにもかかわらず、無知のままでいるほど愚かにはなりたくない。

「私も大切なものは守りたい。知るのはやっぱり少し怖いけど」

「怖がることは悪いことじゃない。大きな力があると驕るよりずっと良い」

リーンハルトは柔らかく微笑み、ステラの頬に手を滑らせた。

「大丈夫。どんな事実があっても俺はステラの味方だ。問題があれば一緒に考えよう」

「うん。ありがとう」

「あぁ、俺がそばにいる」

コツンと優しく額が重なる。

ステラはゆっくり瞼を閉じて、リーンハルトの唇を受け入れた。

間章　聖女クラウディアの疑念

　クラウディアは神殿に戻ると身を清め、大聖堂でひとり定刻の祈りを終わらせた。閉じていた瞼を開き、祭壇に鎮座しているエムメルス神の石像を見上げた。

　神に性別はないため、石像も中性的な姿をしている。瘴気が溢れ、魔物が溢れ、人々の不幸が世界で溢れたとき、自ら先頭に立って世界を救った英雄。旗を抱いており、その旗で瘴気を払ったとされている。

「ステラ様はエムメルス様と似ておりますわ。彼女、本当にすごいお方なのですよ」

　神というよりは、遠い祖先に語るようにクラウディアは口を開いた。

　たった二回だけれど、ステラは今にも消えそうな命を瞬く間にふたつも救った。噂に違わぬ、人を救うための圧倒的な力は眩しかった。

「わたくしは神の末裔《まつえい》だというのに、今日も目の前で苦しむ人を助けられませんでした。救う力がないことがとても悔しいんですの」

　ステラの力を前に、自分の無力さを改めて痛感した。嫉妬心すら抱かないほどだ。

　瘴気を払うことができる神聖力を持ち、神の目を持っているけれども、今まで何かを成しえたことはあっただろうか。自信が持てる功績が欲しいと思うのは、聖女として浅ましい欲望だろうか。自分はこのままで良いのだろうか。

「神よ、今日はもう帰りますわ。また来ますわね」

いつもは祈りを捧げたあとはその日あったことを語り、教典を読んでエムメルス神と寄り添う時間を作るのだが、今日は身が入らない。これでは逆に神に失礼に当たるだろう。

エムメルス神の石像に謝罪の言葉を伝えて、クラウディアは神官用の出入口から大聖堂の外へと出ようとした。

（あら？　この声は……）

廊下で待機しているギデオンとルッツの声が聞こえてくる。同じ聖女の専属であるけれど、このふたりに仲が良いという印象は持っていなかった。

クラウディアの前でのルッツはギデオンの指示に「はい」と答えるだけで、会話しているところを聞いたことがない。

だから好奇心でどんなことを話しているのか、盗み聞きしてしまうのは仕方のないことで。

「ルッツ、聖女様はまたあのふたりに接触したらしいな」

「はい、偶然ではありますが。ちなみにステラ様とリーンハルト様はまだエムメルスに滞在するようです。遠ざけることは断念なさった方が」

「もう計画の完遂は目前で、今更止められぬというのに……まぁ、差支えなければ良いが。お前は片時も聖女様から目を離すことがないよう気を付けろ」

いつもよりもギデオンの声が冷たく聞こえた。そしてまるでクラウディアを監視するような指示に、胸騒ぎがする。彼は先日も秘密で護衛をつけていた前科がある。

たまらず扉を開けて、ふたりの前に姿を出した。

「ギデオン、ルッツ、何を話していますの？」

ふたりの前に出てから「正直に聞きすぎたわ」と悔やむが、仕方ない。クラウディアはにっこりと笑みを貼り付けて、ギデオンに真っすぐ視線を向けた。

「聖女たるクラウディア様が気に留めるような話ではございませんよ」

「――っ」

ギデオンの水色の瞳が鋭くクラウディアを射貫く。

しかし一瞬のことで、彼女がびくりと肩を跳ねさせたあとはいつものように柔らかい視線が向けられていた。

「そう……ですの」

「ええ、そうです。さぁ、お部屋にお戻りください」

明確に一線引かれたことで、それ以上追及するための勇気がでなかった。ギデオンに促されて、私室へと歩き始める。

流れる空気が重い。こういうときは何か喋りたくなるもので。

「ねぇギデオン、地下シェルターについて聞きたいことがあるの」

「はい。なんでしょうか？」

「どうして転移門は神殿内や敷地内といった地上ではなくて、わざわざ大きな空間を確保してまで地下に設置することにしたのかしら？　移動は大変ですし、逃げ遅れるかもしれないわ。それに瘴気だって溜まる可能性もありますわよね？」

　少し前を歩くギデオンは何が面白いのか、クスリと笑った。

「ギデオン？」

「良い質問だと思いましてね。もし街が魔物に襲撃され、一気に民が転移門での避難を求めて押し寄せてきたとしても、すぐに全ての民を安全地に移すことはできません。順番待ちをしている間、安全を確保できる広い空間が必要なのです。それは現存の神殿では不可能でした」

　エムメルスの本神殿は大きい建物ではあるけれど、多くの民を一度に受け入れられるほど広くはない。歴史的建造物でもあり、簡単に改修や増築をするのも難しい。

　ギデオンの説明は理にかなっている。

「では瘴気についてはどのように？」

「この地は世界的にも瘴気がもっとも少ない土地です。定期的に換気を行えば問題は起きないでしょう。それでも心配ならばクラウディア様が加護――瘴気を払う力を込めた物を設置いたしましょう」

　やはりギデオンの説明に矛盾はなかった。それに加護を与えることで自分も民の安全を守る活動に加われそうだと知り、大聖堂で感じていた無力感が軽くなった。自然と重たかった足取りも軽やかになる。

「わたくし、頑張りますわ」

「えぇ、頼みます。しかしクラウディア様はここ最近、随分と地下シェルターのことが気になるようですが、あのお方たちの影響でしょうか」

「まだ信用しておりませんの？　ステラ様たちは――」

「大丈夫です。ルッツから問題のない人柄だと聞いております。私が気にしているのは、おふたりの旅の邪魔になっていないかという点でございます。憧れている気持ちは重々に承知しておりますが、私情で無理に引き留めてはいけませんよ」

クラウディアの心臓は飛び跳ねた。一度目はともかく、二度目は怪我人を助けるためとはいえ故意にステラを巻き込んだ。

しかも呼びに行った少年の話によると、ステラたちはギルドの食堂にいたらしい。食事の邪魔をした可能性が高く、耳が痛い。

「わ、分かっております。本当は邪魔するつもりはなく、むしろ力になりたいと思っているところですわ」

「どういうことですか？」

「リーンハルト様がドラゴンについての文献をお探しですの。閲覧可能な文献を写してお渡ししようかと。でも、なかなか目的の内容が記載されている文献が見つけられなくて……」

ステラの力に関しては、約束通り秘密にしておく。

「なるほど。それではルッツに持っていかせましょう。クラウディア様、私はこれにて失礼いたします」

気付けばクラウディアの私室の前に着いており、ギデオンとルッツは一礼して元の通路を戻っていった。

クラウディアは部屋に入り、ひとりで着替えて就寝の身支度を整える。高貴な身分ではあるけれど、貴族のように侍女の手伝いはない。穢れを防ぐため、神子の一族の身には安易に触れてはいけない——そんな教えがあるため、幼い頃からの習慣になっている。

ルッツのイタチ姿は純白ゆえに、神聖な生き物として肩に乗ることが許されている。

それでも彼は異性。人の姿のときに触れることはほとんどない。

ベッドに腰掛け寝ようとしたとき、扉がノックされる。返事をすれば本を抱えたルッツが入室してきた。

「クラウディア様、ドラゴンに関する文献をお持ちしました」

「まぁこんなに？　わたくしでは見つけられませんでしたのに」

驚いたのはそれだけではない。これだけの冊数を探して持ってくるには早すぎる。まるで予め用意していたかのようだ。

（私がギデオンに相談したのはさっきが初めて。準備が良すぎるわ……実はギデオンはルッツから先に聞いていたのかしら。でも何故、ギデオンはすぐにわたくしに渡さなかったの？）

胸騒ぎを再び感じ、クラウディアはルッツの裾を引っ張った。

「隠しごとなんてしてませんわよね？　わたくしは頼りないかしら？」

ここ最近、特に一線引かれている理由を知りたくて聞いた。

するとルッツは本をサイドテーブルに置き、膝をついてクラウディアの両手を包み込んだ。

「クラウディア様は心配なさらずに、僕を信じてそのままでいてください。僕はいつだっておそばにいますから」

いつも表情の変化に乏しいルッツが微笑みを向けてきた。でもどこか苦しそうで――

「ルッツ、それは……」

「さぁ、今日はお疲れでしょう。もう寝た方が宜しいかと」

ルッツが言葉を遮るようにクラウディアの肩を押してベッドに沈めた。質問する隙を与えることなく布団を被せると、「おやすみなさいませ」と有無を言わせぬ笑みを浮かべて退室してしまった。

「何かあったのかしら」

いつものルッツらしくない。胸のざわめきはなかなか収まらず、その夜はすぐに眠りにつくことができなかった。

第三章　ステラの真価

数日後ステラたちの元に、ルッツがクラウディアからの手紙を運んできた。例の保護施設に行く日取りについて書かれていた。

約束した当日の朝、ホテルを出る前にステラは旅の途中で買ったハンカチを数枚選び、花柄の小箱に入れた。これまでに訪れた国の草花が刺繍されたものや、特産の染め物の生地でできたものだ。クラウディアの好みが分からないため、可愛いものからシンプルなデザインまで満遍なく選んだつもりだ。

「喜んでくれると良いんだけど」

回復魔法で人助けをしたお礼以上に、クラウディアには色々なことを頼ってしまっている。そこで外の国に興味を持っている彼女に、国外のハンカチを贈ることにしたのだ。

実際に連れていくことはできないけれど、少しでも異国を感じさせてあげたいと思ったステラなりの心配り。

「ステラ、そろそろ行こう」

椅子に腰かけ読書をしていたリーンハルトが、パタンと本を閉じた。

「ハル、お待たせ。どれを渡そうか悩んじゃって」

「たくさん買っておいて良かったな」

「本当だね、ふふ」

ステラの口から自然と笑みが零れた。彼女は思ったよりも平常心でいられていることに安堵する。

それでもわずかに感じる緊張を抱きながら、指定された場所に向かうことにした。

「大丈夫そうだな。良かった」

「異質な魔力を持っていたとしても、ハルがドラゴンになれることや、クラウディアが瘴気を払うことができる力と同じだって、仲間がいるって思うことにしたの」

そう答えると、リーンハルトの肩から力が抜けたように見えた。

「心配してくれてたんだね」

「自分の力を知っていた方が良いと、俺の意見を押し付けてしまったのではと……今更だが、俺の言葉がステラの負担になったのではないかと心配してたんだ。あれは半分自分に言い聞かせているようなものだったから」

情けないよな――と彼が言っているように聞こえ、ステラは否定するように彼と繋いでいる手に力を込めた。

むしろ普段弱いところを見せない彼が、そのような一面を見せてくれるということはステラに心を開き、信頼してくれている証拠だから。

「今は私の力が異質であって欲しいと願っているほどだよ。そうすればハルが病になっても、何度だって救えるんだもん」

「ステラ、本当に好きだ」

ステラは一瞬にして顔を赤く染め、恋人に抗議した。

「ちょっと、急に言われたら恥ずかしいよ。もう人通りのある場所なのに」

「悪い。言いたくなったんだ」

もうリーンハルトの表情に憂いはなかった。いつもの穏やかな横顔に、ステラの緊張も軽くなっていった。


しばらく歩くと約束の場所が見えてくる。中心街から離れた古く小さな神殿の跡地で、人払いされているのかクラウディアとルッツの他に人はいなかった。そのためか外にもかかわらず、ルッツはイタチの姿ではなく人の姿で彼女の隣に立っていた。

「ようこそお越しくださりました」

「クラウディア、今日はありがとう。お願いします」

笑顔で出迎えてくれたクラウディアに、ステラはきちんと頭をさげる。

「とんでもございませんわ。早速、ご案内しますわね」

正面の扉から神殿内に入り、渡り廊下を通って神殿の裏にある建物へと進んでいく。神官の寮の役割を果たしていたのだろう、小さな宿のような造りをしていた。

「普段は近隣の住人が有志で動物の世話をしている施設なんですの。怪我をした希少性の高い野生動物を保護し、快癒したのち森に還すのが目的で、このように旧神殿を再利用しているのです」

　クラウディアが近くの扉をあけた。そこには手当された動物たちがいた。部屋は清掃が行き届き、衛生管理もしっかりしている。

「皆様の手厚い看病のおかげで、ほとんどの動物たちは回復し森へと戻っていきます。この子も羽根が折れて二度と飛べないと思っていたのですが、先日羽ばたいて部屋の中を飛びましたのよ」

　クラウディアが籠の中に指を入れると、中にいる緑色の鳥が彼女の指に頭をすり寄せた。

　エムメルス神聖国は平和の国。外敵となる魔物が少なく、動物を狩るような人間もいない。どの動物も警戒心が薄く、人懐っこいらしい。

「けれども最近、怪我をしていないにもかかわらず、異常をきたしている動物が増えているのです」

　鳥がいた部屋を出て、一番奥の部屋へと案内された。そこには十数匹の動物たちが、苦しそうに横たわっていた。パッと見たところいずれも外傷はない。

「ここにいるのは瘴気に当てられ、狂暴化していた動物たちです。中には魔物になりかけ、救えなかった子もいました。まだ魔物化していない子だけでも助けたいと、わたくしは加護を与えた水――聖水を飲ませることで、体内に残る瘴気を払いました。けれども瘴気は取り除けても、後遺症が残ってしまいましたの」

　弱々しく横たわる子熊ほどのサイズがある大きなうさぎを撫でながら、クラウディアもまた苦し気な表情を浮かべた。

「神の目で見ても体内の魔力の乱れは治っておらず、ずっとこの子たちを苦しめているようなのです」

「それはどの動物にもあてはまることなの？」

「いいえ、比較的魔力を多く内包する子ばかりですわ。魔力が多い分、内臓にかかる負担も大きいに違いありません。逆に魔力が少ない子たちは体への影響がほとんどでないようですの。自然と乱れが治る子もいましたけれど稀で……わたくしが神の目で確かめます。どうかステラ様の魔法が有効か、この子たちに試していただけませんか？」

体内で魔力暴走を起こしている動物たちは、ステラが他者の魔力に干渉できるかどうか確認するのに最適な相手だろう。野生動物を相手に回復魔法を使うのは初めてだが、試してみるしかない。

それに苦しそうな動物たちの姿を見て、純粋に助けたいと思った。ステラは大きなうさぎを刺激しないように優しく手を伸ばした。心を落ち着かせ、一度深呼吸してから詠唱する。

「《回復《ヒール》》」

淡い光が動物を包み込み、霧散していく。

しかし、うさぎは不調をきたしたままだった。

「あれ？　治らない……」

人間ではないから効かなかったのだろうか。ステラはもう一度回復魔法をかけてみるが、様子が改善しているようには見えない。

「クラウディア……どうかな？」

「魔力の乱れはわずかに改善しておりますわ。確実に影響は及ぼしております。けれども先日ほどの効果がみられませんの。なぜかしら」

ふたりがうさぎを中心に額を寄せて考え込んでいると、様子を見守っていたリーンハルトが口を開いた。

「ステラ、治癒魔法でやってみたらどうだ？」

「……確かに」

回復魔法は体の表面にできた外傷を治すのに有効で、一方で治癒魔法は体の内側——内臓系の病症に有効。魔力は体内を巡るものであることから、治癒魔法の方が良さそうだ。

先日の商人の怪我も、回復魔法より先に治癒魔法を使った。

「《癒やしの水《キュアアクア》》」

ステラが魔法をかけると、弱っていたうさぎは起き上がり、柵の中を飛び跳ね始めた。

「できた！　やっぱり治癒魔法が効いていたんだね。クラウディア、どうかな？」

「ステラ様、念のため他の動物にも試してくださいませんか？」

「分かった」

すぐに他の動物たちにも治癒魔法で試してみる。魔力の乱れで治療が進んでいなかった動物たちも、治癒魔法を掛けたあと回復魔法を重ね掛けすれば元気を取り戻した。毒に冒された商人を治したときと同じ状況だ。

「間違いありませんわ。条件はありますけれど、ステラ様の魔力は他者の魔力に干渉することで、治癒魔法や回復魔法の効果を上げているようですわね」

クラウディアはポケットからハンカチを取り出しくしゃくしゃに丸め、テーブルに載せた。

「これが相手の乱れた魔力だとします」

丸めたことでハンカチに反発力が生まれ、上から潰しても手を離せばハンカチは乱れたまま。魔力も同じであると言いたいのだろう。

クラウディアはハンカチの表面を手のひらで撫でるように広げた。

「わたくしの目には魔力を馴染ませて正常な流れへと導くというよりも、このように手で押しつけるような要領で、ステラ様の魔力で相手の魔力を抑え込んでいるようにも見えました。力業といった方が分かりやすいでしょうか」

ハンカチの皺を手で伸ばすように怪我人の魔力を均《なら》すことができれば、どんな相手でも回復魔法を最大限に活かすことができる。保有している魔力の量以上に能力が高まることで、瘴気を含む怪我に対して桁違いに効果が発揮できたのだと説明がつく。

「そう……なんだね。やっぱり」

「浮かないお顔ですわね。最高の回復魔法士の力の秘密が明かされたのです。これはとても素晴らしいことなんですのよ?」

「良く言えばそうかもしれない。でも私の力を回復魔法以外の目的のために利用する人がいるかもしれない。そう思ったら、覚悟してても少し怖くなってしまって」

クラウディアは悪用される可能性を想像していなかったのか、アンバーの瞳を大きく見開いた。

他人の魔力に干渉できるということは、魔法を乗っ取ることもできる。もしどこかの野心ある国に知られたら、ステラを利用しようと策略を巡らすことだろう。勝手に祀り上げ、囲み、逃げられないようにするかもしれない。

懸念を伝えたうえで、自分の気持ちを打ち明ける。

「私はもう誰からも利用されたくないの。制約に縛られ、肩書きやイメージを押し付けられ、本当の自分を隠すような生き方にはもう戻りたくないの」

今のリンデール王国はステラを冤罪で追放してしまった負い目もあって、聖女要請を受けたくない彼女の気持ちを尊重してくれている。

けれどもリンデール王国に助けを求めたとき、見返りとして再び聖女になるよう要求されてしまえば断るのは難しい。そうすれば以前と全く同じ環境ではなくても、似たような『聖女らしい生活』に改める必要がでてくる。

もちろんリーンハルトはどのような状況でも味方をしてくるだろうが、彼やアマリア公国を巻き込むことは本意ではない。

ステラは思い詰めたような表情を浮かべてしまう。

「ステラ様……長年の功績が本人に還元されず、見返りを求めることもできないお立場だったというのは舞台上の演出ではなく――」

「事実だよ。私にとって聖女とは搾取される存在だったの。当時は新しい軍服を用意するのも大変で、普通の騎士よりもみすぼらしい格好をしていたよ。数年も経てば私の格好は当たり前になり、誰も気に留めたりはしなかったわ」

功労金を全て使い込んでいた義父母にも問題はあったが、国は問題を知っていても何もフォローしてくれなかった。聖女であるがゆえに贅を求めることは禁忌とされ、ステラから欲しいと願うことはいけないと教えられていた。

「だって聖女ですわよ⁉　象徴とされる者がそんなお姿でいることを黙認しているなんて……まして や ステラ様は多くの騎士の命を助けてきたという、大きな功績があったはずですわ。国にとって聖女とは一体……」

「その国々で聖女の存在意義や利用価値は全然違うと思うの。リンデール王国での私の立場は良く言えば献身の象徴。聖女が頑張っているから自分も頑張ろうと、騎士を鼓舞し士気をあげるという存在意義がひとつ。悪く言えば生贄。どんなに厳しい状況下でも受け入れる姿を見せることで、他の騎士は不満を口にできなくなるわ」

「……っ」

思ってもいなかった聖女像に、クラウディアは開きかけた口を横に結んだ。

「リンデール王国での聖女の選任方法は、回復魔法の強さで判断する能力主義。エムメルス神聖国では血統主義。他国では占いや神託で選出するというのもあったわ。でも共通して聖女は皆、大きな期待と責任を背負っているということは言える。疲れてしまった私には、もう重すぎて背負えないの」

　今も瞼を閉じれば、ダンジョンでの壮絶な戦いが鮮明に思い出される。自分の力が及ばず、消えていく命をいくつも見た。救えなければ士気にも影響し、幹部から叱責を受けたこともあった。清廉で崇高な聖女という立場ゆえに、人前で弱音を吐くことすら許されなかった。

「それでも変わらないこともあるの。誰かを助けたい気持ちは消えていない。ただその行為は命令されるものではなく、自分の意志でやりたいと思っているの」

　命の選別を行わなければいけない場面は必ずある。その判断を他人に任せたくはない。誰かに「諦めろ」と言われたとしても、ステラは諦めたくはない。危険が伴っても、怖くても、救いたいと思った人のところへ駆け付けたい。

　誰にも譲れない思いがあった。

　ステラは胸の前で手を組んで両膝をつき、顔を強張らせているクラウディアに頭を下げた。

「聖女の身ではあらずとも人のため、平和のために力を使うことを誓います。だからどうか、この力のことは秘密にしていただけないでしょうか。願いをお聞きくださいますよう、お頼み申し上げます。聖女クラウディア様」

「お、お止めになってください！　秘密にしますから、どうか他人行儀になさらないで」

　クラウディアは弾けたように立ち上がり、悲鳴にも聞こえるような声で懇願した。

「どうして急に一線を引こうとなさりますの？　わたくしが力を見抜いてしまったことで、ステラ様の心労に繋がったのだとしたらお詫びいたしますわ」

「そんなつもりは一切ないよ。これからもクラウディアと仲良くしたいと思っているけれど、あまりにも重要な秘密だから、きちんと礼儀を尽くそうと思っただけなの。聖女であるクラウディアを敬ったつもりだったんだけど」

「祖先の七光りで大層な力もないお飾りのわたくしと違って、ステラ様は聖女の肩書きがなくても素晴らしい方ですわ。たまたま生まれで聖女に選ばれたわたくしを敬う必要はありません」

最後は消え入るような声で彼女は言った。言葉が卑屈で弱々しくも、悔しげな感情は強く込められているように聞こえた。

（あぁ、やっぱりクラウディアは自信がないんだ。ハッキリと目に見える強い力がないせいで、無力と思い込んでしまっているから……）

以前もクラウディアはできることが少ないと嘆いていたことを思い出す。

ステラの特異的な力を目の当たりにして、さらに劣等感を感じてしまったのだろう。覚えのある気持ちだから分かる。

（偽りとはいえ、オリーヴィア様の回復魔法を見せつけられたときは、自分の存在価値が揺るいでしまった。超えて見せるという気概も持てずに、私はすぐに諦めてしまった……でもクラウディアは違う）

悔しげなのは立派な聖女でありたいという誇りがあるからだ。

ステラのクラウディアを尊敬する気持ちに陰りはない。膝をついたままクラウディアの片手を包み込み、顔を見上げた。

「実は先日、クラウディアが話してくれていた、ギデオン様が主導で運営してる新しい孤児院を見てきたの」

立派な建物に充実した生活環境、熱心な教育。辛い境遇で孤児院に来たはずの子どもたちは明るく素直で、とても幸せそうに見えた。

「クラウディアはギデオン様の功績ばかりのように思っているけれども、孤児院の院長や子どもたちは聖女様に感謝していたわ。クラウディアが聖女だからこそ、孤児院が変わったって。将来に希望を持てる子どもが増えたって」

「本当ですの？」

「ギデオン様も、民を慈しむクラウディアが聖女だからこそ提案できたんだと思うよ。ギデオン様だけでは実現できなかったから、クラウディアに協力をお願いしたんだろうしね。それに私は怪我人を治して救えても、子どもの未来を救う力はないわ。でもクラウディアは今、たくさんの子どもたちの未来を照らしているの」

「――っ」

クラウディアのアンバーの瞳に涙の膜が張った。

「私はクラウディアが眩しく見えるよ。だって自ら聖女として職務をまっとうしようと、頑張ることって難しいと思う。でも象徴としてただ存在しているだけじゃなくて、あなたは自分の足で街に出てまで民のことを考えているじゃない。きちんと行動もしてる」

恵まれた環境や地位に胡坐をかくことなく、顔も知らない他人のために尽くそうという志しは簡単に抱けるものではない。

けれどクラウディアは真っすぐな心で、実現しようともがいている。

「神の目で確かめてくれたおかげで、私は自分を知れた。私の気持ちを汲んで真摯に向き合ってくれて、とても嬉しかった。そう思っている人は私以外にもたくさんいるはず。誰よりも聖女に相応しい心がある。クラウディア、あなたは立派な聖女よ」

どうかこの気持ちが伝わるよう願いを込めて、クラウディアの手の甲に自分の額を載せた。

「だから私の、クラウディア様を尊敬する気持ちをお受け取りくださいますよう、お願い申し上げます」

そう告げると、ステラの頭の上に小さな手が乗せられた。

「――そなたの至情《しじょう》に感謝いたしましょう。ふふ、なんだかくすぐったいですわね」

顔をあげれば、口元を綻ばせたクラウディアの顔があった。

そのとき一匹のモモンガがクラウディアの体を駆け上り肩に乗ると、彼女の目じりに溜まった涙をペロリと舐めた。

「まぁ、慰めてくれましたの？　もう大丈夫ですわ。ほら、わたくしではなくて、治してくれたステラ様にお礼をしなくては駄目よ」

クラウディアは肩に乗ったモモンガを抱き上げると、ステラの目の前に持ってきた。するとモモンガは黒くつぶらな瞳でステラを見つめたあと、ぴょんと肩に乗り移って頬ずりをしてきた。ふわふわの毛が耳元に当たりくすぐったい。

「ふふ、元気になって良かった。ご飯いっぱい食べて体力つけて、森に帰っても逞しく生きるんだよ」

ステラが指先でモモンガの額を撫でると、うっとりと目を細めてピッタリと肩にしがみついてきた。

モモンガが警戒心を解いた姿を見て安心したのか、遠巻きにしていた他の動物たちもステラの足元に集まってきた。中でも最初に治したうさぎは、その大きな体を一生懸命ステラの足にすり寄せていた。毛足が長い種類のため、ステラの足はうさぎの毛に半分埋もれている。

人懐っこいと聞いていたものの、動物たちの積極性は想像以上。ステラの手は勝手に伸びようとするが、両手を組んでぐっと誘惑に耐える。

「長い期間、人に世話をされていたので特に人馴れしているんです。それに賢い動物ばかりですから、誰が治してくれたか分かってますわ。ステラ様、どうぞ撫でてあげてくださいませ」

「良いの？」

クラウディアが笑顔で頷いたので、ステラはそっとうさぎの背に手を伸ばした。

「ふ……ふわっふわ！」

長毛なだけではなく見た目以上に柔らかい毛質で、ステラの手は完全にモフモフに埋まった。撫でれば風に靡くすすき畑のように、ふわふわの毛が揺れる。

（と、飛び込みたい！）

そんなステラの心情を察したのか、うさぎはコロンと腹を見せて転がった。背中のモフモフと比べて、より柔らかそうな毛質のモフモフ畑が広がっていた。誘惑するように見せつけられてしまえば、抵抗できるはずもなく。

「失礼します」

ステラは覆いかぶさるように抱きしめて、顔をうさぎのお腹に埋めた。

楽園だった。最高級の羽毛布団も目じゃないほどの軽やかなモフモフ感。しかも温もりもある。抱きかかえて寝られたらどれだけ気持ち良いのだろうと、想像するだけで幸せな気分になれる。

「うひひ」

「ステラ、変な笑い声が出てるぞ」

リーンハルトに突っ込まれ、ステラは楽園から現実に意識を戻した。危うくクラウディアとルッツの前で、さらに恥ずかしい姿を晒すところだった。

「思わず夢中に……」

「相変わらず、モフモフしたものに弱いな」

「可愛くて、気持ち良いなんて最高すぎるでしょ？」

「……まぁ、否定はしないが」

「ハルの鱗も少しひんやりしていて、別の気持ち良さがあるよね」

「相変わらず……」

どうしてかリーンハルトからは、ため息混じりの苦笑を返されてしまった。

その間にも他の動物が「撫でろ」と言わんばかりにステラを囲んできたので、彼女は楽園に意識が飛ばないよう気を付けながら撫でていく。

　隣ではクラウディアもしゃがみ込み、待ちきれない様子の動物を撫で始めた。

「こうやって回復した子たちを撫でていると、ルッツと出会った頃を思い出しますわ」

　ルッツは怪我をしているところをクラウディアに保護されたのがきっかけで、従者になったと以前聞いた。

「どうしてルッツ君は保護されるような状況になったの？」

　ステラはルッツに問う。

「僕は職人の都である隣国の出身なんです。両親は陶芸家で、できた商品は自ら足を運んで各国のお客様に届けにいくのですが、そのとき魔物に襲われてしまったのです。魔物はまだ小さく弱い僕を標的にしました。獣化して無我夢中で逃げた先が、偶然クラウディア様がお忍びで訪れていた僻地の孤児院だったのです」

「そうだったんだ。ご両親や魔物は？」

「クラウディア様が聖騎士を派遣してくださったおかげで無事でした。本当に、クラウディア様には頭が上がりません。それから僕は、この方に尽くすことを心に決めたのです」

　そう語ったルッツの表情はいつもの無表情と違って、柔らかい笑みを浮かべていた。

「なんだか改めて言われると、少し恥ずかしいですわね」

　照れ隠しなのか、クラウディアのモフモフを撫でる手が激しくなった。

（状況はは違うけれど、私とハルの出会いと似ているかも。亜人の受けた恩は倍返しって決まっ

ているって、ハルが言っていたっけ。恩返しが終わってからも、ふたりがずっと仲良くいられると良いな）

照れるクラウディアと、そんな彼女に温かい眼差しを送るルッツを見れば、「このふたりなら大丈夫か」とどこか安心できた。

モフモフを堪能したあと、一行《いっこう》は保護部屋から二階にある応接室へと移動することになった。

階段を上っていると、クラウディアは「そういえば」と、何かを思い出したように口を開いた。

「ギデオンに地下シェルターについて聞きましたわ。わざわざシェルターを大きい造りにしたのは、押し寄せる民を受け入れるためだそうです。それにエムメルスの瘴気は少ないので、問題化するほど溜まる心配はないそうよ。わたくしの瘴気を払う力を利用すれば、その心配も解消できると言っていましたわ」

「なら良かった。杞憂だったみたいだね、ハル？」

ステラはクラウディアの話に安堵するが、リーンハルトは指を顎に当て何か考えている様子だ。

「本当にエムメルスの瘴気は少ないのだろうか？　本当に瘴気が少ないのであれば野生動物が魔物化しかけ、何匹も保護される事態にはなっていないはずだ……ギデオン殿はこの保護施設のことは知っているのか？」

「もちろんですわ。この旧神殿を保護施設として確保してくれたのは彼ですから」

「瘴気が少なければ起こらないことが起きているというのに、地下シェルターの主導者がこの異変に気付かないのはおかしいような……気分を害したらすまない。つい心配で」

「いいえ。当然の疑問ですわ……きっと気付いていたとしても明かしてくれないのは、わたくしに心配かけないためかもしれません。ギデオンは過保護なところがありますから。いつも一線引かれてしまうのです」

そう言ってクラウディアは少し寂しげに微笑んだ。ステラの畏まった態度に対して、敏感に反応していたのはギデオンの件が絡んでいたようだ。

「心配性だから小言も多くて……でもなんだかんだ協力してくださるんですのよ。あ、この部屋ですわ。どうぞお入りくださいませ」

案内された応接室のテーブルには、いくつか冊子が並べられていた。クラウディア自らドラゴンについて記載されている書物の中から重要事項を選別して写したもので、内容によって分けて束ねてくれていた。どれも一般では出回っていない、神殿で大切に保管されていた特別な資料らしい。

「ドラゴンに関する本がこれだけあるとは……」

「ギデオンが用意してくれたのですわ。さぁ、お掛けになってゆっくり読んでくださいませ」

「ありがとう。では早速――」

リーンハルトはルッツが用意してくれたお茶に手を付けることなく、集中して資料に目を通し始めた。ステラも文献の写しを読んでいくが、そこにはドラゴンの生態や今まで知られていなかった事実が書かれていた。

神の遣いと呼ばれるほど最強の存在だったのにもかかわらずドラゴンが数を減らした理由は、個体数が少なくて子孫を残しにくいという生態であることが理由だけではなかった。

魔力暴走による内臓機能の停止――リーンハルトが患っていた病と一致する症例が書かれていた。

体内に内包する魔力の量が多いほど、魔力の制御は難しい。制御機能を失い暴走した魔力はドラゴンの強靭な肉体であっても蝕み、死に至らしめたのだという。

「魔力暴走って……野生動物のように瘴気の影響を受けたから？」

リーンハルトが病に冒されたのは、アマリア公国のダンジョン踏破のあとだ。ダンジョンからは濃い瘴気が噴出し、周辺の大気を穢していた。人には影響しにくいとされているが、彼が竜化した際に影響を色濃く受け、病に冒されたのではないかとステラは考えたのだ。

しかしリーンハルトは首を横に振った。

「別の文献に書いてあるが、ドラゴンは瘴気の影響を受けにくい体質らしい」

「じゃあなんで？」

「老いだ。こんな単純な原因だと思わなかったな」

ドラゴンといえど老いることで肉体は弱くなっていく。人間の場合は肉体の老いに比例して魔力量も減っていくが、ドラゴンは全盛期と変わらぬ魔力を保つ。肉体の強度に合わない魔法を使うことで魔力を制御する機能が壊れ、魔力暴走を引き起こし発病するようだ。

ちなみに治療方法は書かれておらず、不治の病とされていた。

平和な世界であれば魔力を使うことなく、寿命をまっとうできたのだろう。

しかしドラゴンの鱗や牙は、不死の力を持つという迷信が今も残っているほどだ。神の遣いと崇められながらも、ドラゴンは常に狙われる立場だったことが歴史から分かる。

必然と争いは起こり、魔力を使わざる得ない状況に置かれ、次第にドラゴンは世界から消えてしまった。

「完全なドラゴンでも、己の魔法と魔力に飲まれてしまうのに、ただ先祖返りしただけの竜人である俺が本気でドラゴンの力を使ったら、肉体が耐えられるはずはなかったんだ……そうか、ドラゴンの力は諸刃の剣だったのか」

つまり今後ドラゴンの力を使う際には、細心の注意を払わなければならないということだ。もちろん使う必要のある状況にならないのが一番だけれど。

ドラゴンであることに誇りを持つリーンハルトには厳しい現実だろう――とステラは彼の表情を窺うが、彼はどこかスッキリと穏やかな顔をしていた。

「ハルは平気なの？」

「驚いているが、不思議と悲観していない。今まで病について何も分からなかったんだ。原因が分かれば、事前に対策もできる。ずっと見えない恐怖が付きまとっていたが、ようやく分かったという安堵の方が勝っている」

リーンハルトは資料を閉じ、目を閉じて天を仰いだ。ゆっくり現実を受け入れるように深呼吸をしたあと、ステラに微笑みを向けた。

「本当にステラに出会えて良かった」

「ど、どうしたの急に？」

急に愛おしむような眼差しを送られ、ステラの心臓はどきりと飛び跳ねた。

「死にかけた原因は魔力暴走だった。どんな凄腕の回復魔法士でも、おそらく賢者の石の力を使っても治すことはできなかっただろう。他でもない、ステラに会えたから俺は今も生きているんだ」

自分には回復魔法しかない――そう思っていたのに回復魔法の能力を否定され、ダンジョンのキャンプ地から追放された。リーンハルトと出会ったのは、自信を喪失しかけていた頃のことだった。ユルルクの森で会ったときステラはただリーンハルトを救いたくて、苦手だと思っていた様々な治癒魔法を施した。

そうして彼と過ごすようになった中で多くのことに気付かされ、自信と誇りを取り戻せた。どれだけ彼の存在に救われてきたのか、言葉では言い尽くせない。

（魔力干渉の力を持っていて良かった。だってこの力のおかげでハルを助けられたんだもの）

元気になった恋人の姿を見れば、魔力干渉の能力は彼を助けるためにステラに与えられた『運命の力』だと確信できる。

「諦めずアマリアを出て、旅をして良かった。病は治り、添い遂げる相手に出会えたんだからな」

リーンハルトはしみじみと、幸せを噛みしめるように言った。

その姿にステラの胸の奥から込み上げるものがあった。

「それは私もだよ。ハルと出会えたおかげで失ったものを取り戻せたし、自信をもって幸せだと思えるようになったんだもの。もしハルがいなかったら、魔力干渉の力も怖くて受け止めれなかったと思う」

「はは、俺たち本当にどこか似てしまうところがあるな」

その指摘にはステラも思わず苦笑してしまった。リーンハルトも同じ顔をしている。

以前はふたりとも素性を隠しながら生き、互いに秘密を抱えていた。肩書きに苦しさを覚えていたふたりだったが、リーンハルトは再び背負い、ステラは荷を下ろすことを選んだ。

別の選択をしたふたりだったが、今は『魔力干渉』と『ドラゴンの力』という唯一無二ともいえるような力を有している。

また似たような境遇となったことに、苦笑してしまうのも仕方ないだろう。

「でも、似ているからこそ支え合えるね」

「あぁ。きちんと正しく力を理解し、互いに足りないところは注意しあって補えばいい」

「頼りにしてるよ、ハル」

「俺のことも頼んだからな」

ステラとリーンハルトは微笑み合い、額をコツンと重ねた。額から彼の体温を感じ、心の隅まで温もりが広がっていく。

アマリア式の親愛を確かめる仕草に浸っていたステラだったが、熱い視線を感じふと冷静さを取り戻す。

リーンハルトも気付いたらしい。額をくっつけたまま目が合ったふたりは、同時に視線を横へとずらした。

「やはり、おふたりは運命という強い絆で結ばれておりましたのね！」

オレンジ色の強いアンバーの瞳を輝かせ、頬を朱色に染めたクラウディアがふたりを見つめていたのだった。

ステラとリーンハルトは急いで顔を離し、元の距離に戻る。

（しまった。ふたりっきりじゃないことを失念していた。見られた……いえ、見せてしまったよ。なんて恥ずかしいことを……）

クラウディアと対照的にルッツが無表情であることが、いた堪れなさを増幅させた。

どうしてこの世の恋人たちは、人目を憚《はばか》ることなくいちゃついているのか――と疑問に思ったことがあったが、当事者になって思い知る。

好きな人しか見えなくなる病だ。これもまた、治す薬も魔法もない厄介な病だとステラは思った。

ステラは「ごめん、見なかったことにして」とクラウディアに頼んだが、大きく首を横に振られてしまう。むしろクラウディアは椅子から立ち上がってテーブル越しに身を乗り出してきて、ステラとリーンハルトの手を取ると、まとめて握手してきた。

「演劇上の物語を超える感動を間近で目撃してしまいましたわ！　はぁ～なんと尊き愛の絆なのでしょうか。わたくしは全力でおふたりの愛と平和を応援し続けますわ！　恥ずかしがることはございません」

「う、うん。ありがとう」

「聖女の祝福か……その、ありがたい」

クラウディアの勢いに圧倒されたステラとリーンハルトは、恥ずかしさも相まってなんとも言えない居心地の悪さを感じた。でも不快ではなく、温かくてくすぐったいような気持ちだ。

すると突然、リーンハルトがバッと顔をあげて扉の方を見た。

「誰か来たな」

「おかしいですわ。この時間帯は誰も来ないよう、皆には伝えてあるはずですのに……」

クラウディアが首を傾げる中、ノックされるとルッツは相手を確かめることなく扉を開けた。

扉を開けた先には、前に見たときと同じように憂いを感じさせる青い瞳をした黒髪の男――聖女付き神官のギデオンが立っていた。

「クラウディア様、そろそろお戻りになってください」

クラウディアの迎えに来たようだ。

しかしクラウディアは「あら、時間なのね」と笑っていた以前とは違い、困惑の表情を浮かべていた。

「今日も単なる街の視察と言っていたはずですのに、どうしてここに？　また内緒で護衛をつけていたの？」

「いいえ、ルッツより聞き及んでおりました。狂暴化した動物は危険だから、ここへはなるべく来てはいけないよう申し上げておりましたのに……ルッツも心配で私に伝えてくれていたのです。お止めしなかっただけ、譲歩したと思っていただきたいものです」

「――そう」

ツンと、少し硬い声でクラウディアは返した。

（確かギデオン様は、クラウディアにとって父親のような存在だって言っていたっけ。ギデオン様も同じく彼女を大切に思ってるに違いないよね……心配かけて悪いことしたな）

ステラは遠くにいる義兄レイモンドのことをふと思い出した。彼はステラが危険な目に合えば当然心配してくれる。同じようにステラもレイモンドに何か危険が及ぶことがあれば気が気でない。

クラウディアとギデオンも似たような関係なのであれば、自分たちのせいでふたりの仲を壊すようなことはしたくない。

「ギデオン様、改めまして私はステラと申します。クラウディア様は私たちのために時間をとってくれたのです。大切な聖女様をお借りし、ご心配おかけして申し訳ございません」

「先日はご挨拶できなかったが、俺はアマリア公国の王兄リーンハルトだ。どうしてもドラゴンについて知りたく、聖女を頼ってしまった。文献はギデオン殿が探してくれたと聞いた。感謝する」

ステラとリーンハルトは揃って頭を下げた。

「おふたりのことは聞き及んでおります。どうか顔をお上げください。クラウディア様自身が力になりたいと望んだのでしょう。咎めるつもりはございません」

　ギデオンは実に穏やかな笑顔と、柔らかい口調でステラたちを許した。

　聖女を私情で連れ出した自分たちに対して、彼の心情は良くないものかと思ったが寛大な態度で接してくれる。

「確かに接見《せつけん》の場にこの施設を選んだことは心配でしたが、ルッツだけでなく強いと噂のおふたりも一緒だと分かっていたから見逃したのでございます。さてクラウディア様、ドラゴンの文献はここではなくても読めたはず。わざわざ施設に足を運んだ甲斐はございましたかな？」

「えぇ、瘴気で体調を崩していた動物たちはステラ様のおかげで回復したわ。内臓が悪かったのが原因だったみたいでしたの。多くの魔力を費やして治癒魔法をかけてもらったら、自然と魔力の流れが改善したようですの」

「……ほう。さすが世界最高峰と名高い回復魔法士でございますね」

　クラウディアは約束通り魔力干渉のことは明かさず話してくれた。

（良かった。ギデオン様も疑問に思うことなく納得してくれ――？）

　安心したのも束の間、ステラはふと探るような視線を感じギデオンを見た。

「なるほどステラ様がいらっしゃれば、動物の魔物化は防げると……素晴らしいお力ですね」

　ギデオンの表情はにこやかなのに、ステラを見る瞳がどこか冷たく感じ、違和感を覚えた。

「恐縮です。私の力がクラウディア様のお力になれて良かったです」

「ご謙遜を。しかし、ステラ様は旅をしていると聞いております。ずっと頼るわけには参りません。あなた様がエムメルスを出国したあと、再び狂暴化する動物が出なければ良いのですが」

ギデオンの視線から棘が消え、事態を憂いる眼差しに変わった。やはりクラウディアを心配していたからこそ警戒していたのだろうと結論付けた。

「ギデオン様、その瘴気に関わることで気になることがあるのですが、聞いても良いですか？」

「ステラ様の望む答えを差し上げられるか分かりませんが、なんでしょう？」

「このように瘴気の影響を受ける動物が増えているということは、どこかで濃い瘴気が発生している可能性が高いと思うんです。心当たりの場所はありませんか？」

「いいえ、残念ながら。特定の場所で動物を保護したわけではありませんから」

ギデオンは肩を落として、首を横に振った。

「ならば急いで調査した方が良いかもしれません。もし神殿近く……地下シェルターの近くだった場合、瘴気が薄い土地だからと安心していたら、想像以上の速さで空間に瘴気が溜まる可能性があります」

「ふむ。風魔法で換気するつもりですよ」

「随分と巨大な空間と聞きました。しかも窓もないし出入口はひとつ、果たして風魔法で全ての空気を入れ替えれるほどの魔法使いがいるのか心配で――」

ステラは、リーンハルトをはじめ、リンデールのダンジョン討伐隊の騎士など、優秀な風系魔法の使い手の実力を知っている。しかし、地下シェルターが一気に押し寄せる民を収容できるほどの大きさだとすると、優秀な彼らの風系魔法ですら換気が難しいと予想した。空間が巨大であれば風を流したとしても、瘴気は空いた空間へと逃げてしまうだけで取り除けない。

「ステラ様の心配はごもっともでございます。しかし巨大空間といってもひとつの箱になっているわけではございません。通路が続いている構造になっておりますが故、一番奥から外へと風魔法で押し出していけば換気は難しくないでしょう」

「通路状になっているということは幅の広さによって渋滞が起き、後続の者の収容が間に合わなくなる可能性もあると思うんです。どれくらいの広さの通路なのですか？　一本道なのですか？」

ステラが質問を重ねようとしたとき、リーンハルトが彼女の肩を叩いた。

「気持ちは分かるが……」

「――あ」

いつの間にかに熱くなりすぎていたことに気付き、ステラの思考が一瞬にして冷えた。

「ご安心ください。その問題についても対策があります。しかし、これ以上は神殿に関わる重要事項。ステラ様であっても外部のお方にお話しできません。ご心配痛み入りますが、どうかご容赦願います」

ギデオンは深々と頭を下げた。

「いいえ。私が深入りしすぎました。冷静さを欠き、大変失礼をいたしました」

ダンジョンは地中に溜まった瘴気が結晶化し、核を形成することで発現する。ダンジョン踏破の恐ろしさを知るステラにとって、瘴気が及ぼす影響は無視できなかった。

しかしギデオンに『部外者』と言われてしまうのは当然のことで、これ以上追及はできない。

今のステラは聖女でもなければ、国の代表で公式訪問しているわけもはない。

(今の私は一般人で、エムメルス神聖国のことに口出しできる立場じゃなかった。真面目に民のことを考えている神官なら悪いようにはしないはず。信じて見守らなきゃ駄目だよね)

ステラは、もう一度「申し訳ありませんでした」と謝罪の言葉を口にした。

するとギデオンは気分を害した様子もなく、ある提案をしてくれた。

「今度はこのようなところではなく、神殿にいらしてはいかがでしょうか？　おふたりはドラゴンについてお調べの様子。今回ご用意していたのは外に持ち出してもかまわない歴史に関する文献の写しでした。直接神殿にお越しいただければ、クラウディア様の権限でもう少し閲覧規制の厳しい文献をご用意できるかと思います。リーンハルト様がお望みであれば、ですが」

「大切な書物を、エムメルス神聖国と無関係の俺が見ても良いと？」

「あなた様はドラゴンの血を引く者です。知る権利があると私は思っております。ドラゴンに関する書物に限り、神官長の許しも出るでしょう」

それは魅力的な提案だったが、リーンハルトは口元に拳を当てて、少しだけ悩んでいる様子だ。

その間、クラウディアは頬をぷくっと膨らませ、ギデオンに不満げな眼差しを向けていた。

「まぁギデオン、ドラゴンの資料は先日渡してくれたものだけではなかったのね。わたくしでは全く見つけられませんでしたのに……」

「私はクラウディア様の倍以上の時間を神殿で過ごし、よく知っておりますから仕方のないことです」

「そういうものかしら。本当に頑張って探しましたのよ？」

「はは、そういうことにしておきましょう。さて、リーンハルト様のお返事は決まりましたかな？　加護を授けて欲しい品物もあるとか。今回動物たちを治してくださったお礼として、加護に関しても許可が通るよう神官長にも話を通しておきますよ」

クラウディアは「あれ？　話しましたっけ？」と不思議に思ったが、ルッツから聞いたのだろうと納得した。そして彼女はステラたちが神殿に来ることについて、「素敵な提案ですわ」と賛成の声をあげた。

「ではお邪魔しても良いだろうか。日時はそちらの指定に従う」

「ルッツを通して後日、リーンハルト様がお泊りになっているホテルに招待状をお送りいたします。それまでお待ちくださいませ」

「感謝する。よろしく頼む」

リーンハルトとギデオンは軽い握手を交わし、今日は解散することとなった。

忘れるところだった——と、ステラは用意していたハンカチの贈り物を慌ててクラウディアに手渡した。

「これをわたくしに？」

「旅の間に買い集めた各国のハンカチなの。なかなか国外へ出られないクラウディアが楽しめるようにと数枚選んでみたんだけれど、受け取ってくれる？」

魔力干渉の説明の際に、クラウディアのハンカチには皺がついてしまっていたはずだ。「替えとして今から使ってよ」とギデオンには聞こえぬように囁けば、クラウディアは大切そうに抱きしめた。

「使うのが勿体ないですわ」

そう言って喜ぶクラウディアたちと、旧神殿の前で分かれた。

◇◇◇

動物保護施設を訪れた日の深夜、リーンハルトの瞼はパチリと開かれた。ため息をついて、寝そべりながら天を仰いだ。

(寝れない……)

体には程よい疲労感があるはずなのに、気持ちの方が落ち着かず頭は冴えてしまっていた。

ドラゴンの病について知れたことは大きな収穫だった。これでスッキリすると思っていた。

実際にはようやく答えを手に入れたという高揚感とは異なる感情を持て余し、胸中は未だに騒がしい。

リーンハルトはチラリと隣を見た。

そこには規則正しい寝息を立てて、深い夢の世界に旅立っているステラがいた。指先で頬をツンツンと触れても、若葉色の瞳を見せることはない。

信頼してくれていることは嬉しいが、もう少し異性として、踏み込んだ相手として意識して欲しいところだ。穏やかな寝顔を見ながら、彼は思わず苦笑してしまう。

繋いでいる手を解き、リーンハルトは寝返りをするふりをしてステラをギュッと抱きしめた。

（これくらいは良いよな？）

片時も離れたくないと思うほどに、何よりも大切な存在。

自分の腕の中にそんな彼女がいる――それだけで幸せな気分になる。温かくなっていく体温を感じていると、次第に彼も夢の世界へと誘《いざな》われた。


「よし、今日はデートをしよう！」

翌日、朝食を食べているとステラが唐突にそんなことを言い出した。

「デート？　ふたりで出かけることなら、毎日しているじゃないか」

「いいえ。それは旅行であって、私がしたいデートとは違うの。いつもより少しおしゃれして出かけるの」

ステラは庶民がするようなデートがしたいのだという。その土地を楽しむ観光というよりは、ふたりの時間を楽しみたいらしい。

しかも今回はステラがエスコートするのだと、そう宣言するほどの気合の入りようだ。彼女は朝食を食べ終わると、待ち合わせの場所と時間を告げて先にホテルを出てしまった。

「まったく、何をしようとしているのか」

思わずひとりで笑ってしまうほどに、すでにリーンハルトの気持ちは弾んでいた。

彼は早速手持ちの服を並べて選んでいく。

「さすがに礼服じゃないよな？　庶民のようなデートに合う服装はこれかな」

いつもの動きやすい冒険者スタイルではなく、シャツにフード付きのラフなジャケット、落ち着いた色のボトムを身に着けていく。デートの場には似つかわしくない長剣は魔法の収納バックに入れた。

最後に鏡の前で髪を整え、ピアスを確認すれば準備完了だ。

「時間は……まだ早いか」

時計を確認して、肩を落とす。

いつもそばにステラがいたので、ひとりでいることが落ち着かない。自然と手は耳へと伸びる。彼女を思うたびに、ピアスに触れてしまうのはもうクセになっていた。

エムメルス神聖国の新聞を読みながら時間を潰し、意気揚々とホテルを出る。

（俺、浮かれてるなぁ。一緒に出かけるのは毎日のことなのに、デートという響きがこんなにも良いものだとは思わなかった）

軽い足取りで、指定された待ち合わせ場所の噴水広場に到着する。憩いの人気スポットだからか、多くの人で賑わっていた。

それでもリーンハルトにとって愛しい人を見つけるのは一瞬だ。

「ステ――」

しかし、声をかけようとして止めた。

視線の先にいるステラは落ち着いた色の清楚なワンピースを着ていた。少し開いた首元には普段は隠している逆さ鱗が入ったペンダントのネックレスが見え、前髪はピンで留められ形の良い額が姿を表し、顔《かんばせ》にはうっすらと化粧が施されていた。

いつもの快活なイメージのステラではなく、可憐な女性らしい姿は新鮮で——リーンハルトは見惚れ呆《ほう》けた。

「あの子可愛い子な。ほら亜麻色の髪の」

「確かに。ひとりかな？」

そんな通りすがりの男の声を耳にして我に返り、リーンハルトはステラのもとに参じた。

「ステラ！」

「——ハル、待ってたよ」

ワンピース姿に慣れないのか、ステラは恥じらいながら微笑んだ。

リーンハルトは口元を右手で覆いながら、左手で胸を押さえた。可愛すぎると叫びたい気持ちと、今にもキスしたい衝動を抑えるためだ。

「ハル？」

「ゴホン、喉が渇いて咳き込みそうになっただけだ」

「なら飲み物でも買おっか。あの角のお店に行こうよ」

エスコートするという宣言通り、ステラはリーンハルトの手を引き歩き始めた。スカートの後ろがふわりと靡いた。

ステラも普段は冒険者スタイル。今日のワンピースは無防備に見え、リーンハルトの庇護欲が刺激されてしまう。

（可愛すぎるだろう。いつも冷静でいられるよう教育を受けて、そうした態度を身につけていたつもりだがステラの前では容易く崩れてしまう。俺とのデートのために特別に選んでいると分かっているからか、嬉しい気持ちが止められない）

いくら引き締めようとしても顔が緩んで、笑みが零れてしまう。

首都の観光名所はほとんど見尽くしはずだというのに、デートとなると違う景色に見えるから不思議だ。

「これが観光とデートの違いなのか？」

「まだまだデートはこんなもんじゃないよ。ハルはここに座って待ってて」

ステラに言われるままにベンチで座って待っていると、彼女はクリームを挟んだ揚げドーナツをひとつだけ買ってきた。半分にして食べるのかな――と思いながら待っていると、ずいっと目の前に差し出された。

「はい、あーん」

「え？　ステラは人前でこういうのは恥ずかしいからって、いつもは……」

「周りを見て。ここはカップルの逢引きスポット。みんながしていれば怖くない！」

「ふっ、ははは！　なんだその理論は。もう可愛いなぁ」

なら遠慮はいらないと、彼女の手から直接食べる。ふわふわの軽い食感のドーナツ生地がミルクリームと混ざり、口の中で甘く溶けていく。リーンハルトの好きな味で、間を置かず二口目も大きな口を開けて食べる。

半分食べたところで交代しようとしたが、ステラは逃げるように自分で食べてしまった。

リーンハルトは「いつか俺からも食べさせてやる」という決意を胸に刻んだ。


楽しい時間はあっという間で、気付けば日は沈んでいた。

（デートはもう終わりか。早すぎる……）

帰りたくないと思ってしまう自分の子供っぽさに苦笑するが、気分はむしろ良い。

道中で美味しそうな屋台メシを買ってホテルの部屋に戻れば、本日のデートはお終いだ。充実感と程よい疲労感でベッドにすぐ腰掛けてしまう。ステラはちょこんと隣に座った。

「今日はデート楽しめた？」

「あぁ、とても。ありがとう。新鮮で、時間が経つのを忘れたほどだ。最高のおもてなしデートだったよ」

「私も今日はハルがいっぱい笑ってくれて良かった」

デート作戦成功の喜びというより、ステラの若葉色の瞳には安堵の色が濃く浮かんでいた。

「――っ」

ここでようやく気が付いた。ステラがどうして急にデートをしようと言い出したのか。

「心配を……かけてしまってたんだな。いつから気付いていた？」

「あぁーえっと……昨日、ギデオン様に神殿へのお誘いを受けたあたりかな。ドラゴンのことについて知りたいはずなのに、迷いがあったから……無意識かもしれないけど、寝てるとき抱きしめてきたのも少し変だなって」

「ほぼ最初からか」

隠していたつもりの不安を見抜かれてしまっていた。

（いや、ステラは俺の隠したい気持ちまで察して、黙って元気づけようとデートを考えてくれたんだ）

狙い通りデートの時間は楽しすぎて、可愛らしいステラの姿に目を奪われ、悩んでいる暇なんてなかった。

（本当にステラには敵わないな）

知られてしまった情けなさと、気付いてくれた嬉しさが同時に生まれた。

実はドラゴンの姿になったとき、リーンハルトの魔力内包量は倍以上に増える。増えたからといってセーブすることなく使えば、病は再発する。未然に防ぐには、竜化したあとも人の力を超えた魔力を使わなければ良いだけだ。大きなダンジョンができなければ、再び限界を超えた魔力を使うことはないだろう。

それで納得したはずだというのに、ギデオンから新たなドラゴンの資料があると知って怖気づいてしまった。

「関係者のみ閲覧可能な文献ということは、歴史的な経緯から一般に明かせない禁忌の内容が含まれているということだ。ドラゴンは滅んでいる……大方悪い内容だろうから、聞きに行くことに少し不安を感じていたんだ」

不治の病の経験は今もトラウマとして、心の奥底で根を張っていることは否定できない。思い出すたびに死への恐怖は蘇る。

もし今以上のどうにもならない問題が判明したら、冷静でいられる自信がなかった。

ステラは自身の問題と向き合った。だから俺も――と思って、ようやく返事ができたのだ。

「ハル、言ってくれたじゃない。恐れても良いって」

ステラがリーンハルトの首に手を回し引き寄せ、抱きしめながら頭を撫でた。

「ハルが私を助けてくれるように、何があっても私がハルを助けるよ。ひとりで抱え込まないで」

「ステラ……」

リーンハルトはステラを抱きしめ返した。求めるように、縋るように、甘えるように自然と力が入ってしまう。

周囲はドラゴンであるリーンハルトを神聖視し、最強だと信じ、その姿を求める。卵から生まれた頃から当たり前で、反発しようと思ったことはない。それでも何も感じないわけではなく。

もし自分の気持ちを明かしたとしたら、周囲を落胆させるだけだ。

一方でステラはごく普通に接してくれる。最強のドラゴンや王兄という立場になんて目もくれず、求めるのはいつだって『リーンハルト』という存在のみ。情けないところを見せても、甘えても失望することなく受け入れてくれる。

弱音を聞くだけでもなく、甘い言葉をかけるだけでも終わらず、本当に手を差し伸べてくれる。

（ステラは怪我や病だけでなく、心まで癒やしてくれる。どれだけ俺が救われているか、彼女には伝わっているのだろうか）

唯一の拠り所と言えるほどに、リーンハルトはステラに心を奪われていた。

「ありがとう。ステラがそばにいると思ったら元気も勇気も出た。ステラとのデートのおかげだな」

「ふふ、またデートしようね。今度もあえて外で待ち合わせして、いつもと違った服を着て、美味しい物を食べるの」

「それが良い。今日のステラの服装は可愛かったからまた見たい」

体を離し髪留めピンに触れるように髪を撫でると、ステラは嬉しそうに頬をほんのり赤く染めた。

そして「ハルも格好良くて見惚れちゃったよ」なんて恥じらうように返すものだから、リーンハルトは思わず彼女の桃のように熟れた頬に唇を落とした。

（本来は味なんてしないはずなのに甘く感じるあたり、ステラなしの未来なんてもう描けないな）

唇を離すと、また宝物を抱くようにステラを腕の中に閉じ込めた。

「今日は甘えん坊だね」

「ステラの前だけなら良いだろう？」

こうしてステラのお腹がぐーっと鳴るまで、リーンハルトは彼女の温もりを感じていた。

第四章　聖なる顔の裏側

ギデオンから招待状が届いたのは三日後のことだった。招待状だけでなく、神殿の関係者が外出のときに着るシンプルなローブもルッツの手で一緒に届けられた。神殿内を部外者が堂々と歩くわけにはいかない。カモフラージュのためらしい。

ギデオンの心遣いに感謝の言葉を伝えて欲しいとルッツにお願いすると、彼はどこかいた堪れない表情を一瞬だけ浮かべて、「分かりました」と一礼して神殿に帰っていった。

（ルッツ君はどうしてあんな表情を……）

何か助けを求めるような、申し訳なさそうな表情をしていた。

リーンハルトもその件には気付いていたが、ふたりは心配することしかできない。

「何か神殿で問題でもあったのだろうか」

「神殿関係者ではない私たちが文献を閲覧させてもらったり、聖騎士以外の所有物に加護を与えたりすることに、神官長が難色を示していたのかな」

エムメルス神聖国の聖女は象徴にすぎず、実権は神官長が握っていると言っていい。文献にしろ、加護にしろ、迷惑をかけているのではと今更ながらに不安になった。

「クラウディアたちの立場を悪くするわけにはいかない。神殿にお邪魔してからでも、その可能性があったらすぐに身を引こう」

「そうだね。クラウディアのおかげで、すでにたくさんのことを知れたんだし」

歩きながら方針を決めている間に、遠目に大神殿の門が見えてきた。

外壁は周囲の建物と同じく白一色で、高い尖塔が存在感を放っていた。最も高い尖塔を持つ大神殿の手前には大広場と大聖堂がある。綺麗に刈られた芝生と、大聖堂のステンドグラスの鮮やかさが目を引いた。大規模な礼拝の式典や諸外国の重鎮を招くときにのみ開かれる、神聖な場所だ。

「わぁ綺麗だね。さすが大聖堂」

「結婚式を挙げるのなら、ステラはやっぱり教会式の方が憧れるのだろうか」

そう問われて、ステラはリーンハルトとの結婚式を想像した。白い服は聖女時代に散々着ていたので、真っ白なドレスに憧れは湧かなかった。

けれどもリーンハルトが白い礼服を着た姿はどうだろうか。青い髪に白い服の組み合わせはコントラストが綺麗で、とても似合うに決まっているじゃない！）

（絶対に格好良いやつだ。

想像しただけで胸がキュンと高鳴った。

しかし答えを出すのは早計だ。選択肢は他にもある。

「アマリア式の結婚式は教会式とは違うの？」

「アマリアでは純白のドレスや礼服を着ることはなく、新郎新婦とも対になる民族衣装の衣を羽織って、親戚や近親者のみで儀式をするんだ。大勢を招く教会式より小規模で、静かで厳かな雰囲気だろう。アマリア以外の人にとっては少し堅苦しいかもしれない」

「民族衣装ってハルがくれた紺のマントみたいな感じなの？」

「あの刺繍がもっと緻密《ちみつ》で、衣全体に模様が描かれる。衣の色は藍色や紺といった青みのある生地と決められいるが、刺繍糸の色は自由に選べる。金や銀が人気だな」

ステラは民族衣装を身に纏ったリーンハルトの姿を思い浮かべる。華やかな白い婚礼服も良いが、彼の瞳と同じ色をした金糸の刺繍が入った民族衣装も雰囲気が締まって似合うだろう。実に悩ましい。

「ハルは、正直どちらの方法で挙式したいって考えているの？」

「王兄という立場を考えれば、やはりアマリア式で挙式したいとステラにお願いすると思う。だが……正直、ステラのドレス姿を見たいとも思っている。うーん。挙式はアマリア式でするとして、パーティや宴会ではドレスにするのも手か」

「じゃあ、ハルも白い礼服と民族衣装の両方着るかもってこと？」

「伝統を重んじる保守派を納得させることができればな。ステラはリンデール出身だから、その国の風習も重んじるべきだと言えば、許してくれるだろうか」

リーンハルトは「うーん」と、真剣な顔で唸った。

（両方のパターンのハルの姿が見られるのなら最高だわ。どうにかして説得できないかしら）

そうやって想像を広げていると、馬蹄が地面を揺する音が聞こえてきた。神殿の門から馬を走らす集団が出てきたのだ。

さっとふたりは脇へと避けて道を開けた。上半身にシルバーの鎧を着た三十名ほどの聖騎士たちが馬に乗り、森のある西の方角へと駆けていく。馬についた鐘の音が響くとはいえ、人通りのある街の中を馬が駆けることは事故に繋がりやすい。それでも強行する聖騎士の姿は珍しい。

「外で何かあったのかな？」

「あったとしても、精鋭の聖騎士があれだけの人数で向かっていったんだ。大丈夫だろう。今は約束の時間を守った方が良い」

「それもそうだね」

正門でギデオンからの招待状を見せると、門番はすんなりと通してくれた。大神殿の方へ行くよう門番の指示で進んだ少し先では、ギデオン自ら出迎えに来ていた。

「ようこそ、エムメルス神聖国の大神殿に」

クラウディアから彼は忙しい身だと聞いていたので、ステラは少し驚いた。リーンハルトと共に軽く会釈をしてから駆け寄った。

「ギデオン様、ありがとうございます。お仕事は宜しいのですか？」

「えぇ、他の神官では案内が務まらない場所ですので、僭越ながら私がご案内いたします。さぁ、こちらです」

促され、ギデオンの後ろをついて建物の中に入っていく。

神殿内の廊下も白亜で統一され、高い天井にはエムメルス神の歴史に関する絵画が描かれていた。神が天から大地に降り、仲間を集めて浄化の旅へと出発するところから始まる。

神が瘴気を払い、勇者は魔物に剣を突き立て、黒の魔法使いが魔物を焼き、白の魔法使いが民の傷を癒し、賢者は民に恵みを与え、最後に学者が未来への知識を与えた。

「素晴らしいでしょう。神は聖人や聖女、勇者は聖騎士、白と黒の魔法使いは治安を守る一般騎士、賢者は神官、学者は研究者として今も神殿で歴史を紡いでいるのでございます」

語るギデオンの口調からは誇りと高揚を感じた。

「神官が賢者として知識を与える立場なのであれば、どうしてクラウディア様に全てを教えて差し上げないのでしょうか。彼女は聖女として意欲的で、多くのことを知りたいと望んでいます」

「……随分とクラウディア様を気にかけてくださっているようで」

「何度も部外者が差し出がましいことを言って申し訳ありません。ただクラウディア様は親愛を向けているギデオン様に一線引かれたら、とても寂しいのではと想像してしまい……」

「クラウディア様は私にとって特別な存在です。幸せな時間を長く感じてもらうためにも、伝えない方が宜しいことも多いのです」

深められたギデオンの微笑みには有無を言わせない圧があった。

そのあとは少し気まずい沈黙を保ちながら、階段を上り神殿の深部へと向かった。すれ違う神官の姿がなくなってまもなく、廊下の突き当たりに大きく重厚な扉が鎮座していた。

「ここでございます」

ギデオンが扉を開けると、赤銅色の絨毯が敷かれた広い部屋に続いていた。上層階の中央部に位置する部屋のため窓はなく、室内は魔道具の光で照らされていた。

部屋の中央に用意されたテーブルにはクラウディアが待っていた。いつも見る見習い修道女の服とは違う、染みひとつない白を基調とした修道服。ストロベリーブロンドの髪の頂《いただき》には金のサークレット。腕には聖女の証であるブレスレットが一目で見えるように光っていた。

彼女はステラたちの入室に気が付くなり、花が咲いたような満面の笑みを浮かべた。

「お待ちしておりましたわ。こちらにお座りになって！」

テーブルには本が置かれており、ステラとリーンハルトは勧められるまま、椅子の前へと歩みを進める。

「本日はお招きありがとう。あれ？　今日ルッツ君はいないの？」

そんな気軽な言葉をかけていると、ぞわりと背中に冷たいものが走った。

その瞬間、床に敷かれた絨毯に眩く光る魔法陣が浮かび上がった。これまで見たことがない模様の陣だ。

「ハル、これ何の魔法が発動して――」

そう問いかけたと同時に、青い影が落ちていくのが横目に見えた。

「か……はっ！」

「ハル!?」

リーンハルトが両膝をついて胸を押さえていた。息が苦しいのか、喉からヒューという音が漏れている。額から大粒の汗が一気に浮かび、元から白い肌はさらに血色を失っていく。

「ハル？　ハル、どうしたの？」

呼吸がしやすいように彼の肩を支えて上を向かせた。

「胸が……焼けるようで……息をするたびにっ、あのときの、ような」

「あのとき――」

出会った頃にリーンハルトを蝕んでいた病のことだ。それなら治せるとステラはすぐに魔法を発動させた。

「《癒やしの水《キュアアクア》》、《回復《ヒール》》！」

淡い光が彼を包み込むと、苦渋で強張っていた表情がほんの少しだけ緩んだ。

しかし「良かった」と安心したのも束の間、回復魔法の光が収まった瞬間に再び痛みがリーンハルトを襲った。

「ぐっ！」

「そんな！　《癒やしの水《キュアアクア》》、《回復《ヒール》》！」

同じように治癒魔法と回復魔法を繰り返すが、魔法の発動を止めれば元通り彼は苦しみだした。

（ドラゴンの力を使ってないのにどうして症状が⁉　しかも私の力なら治せるはずなのに……この魔法陣のせいだとは思うけど、一体何なの⁉）

指先が冷たくなっていくのを感じた。何か方法があるはずだと、苦しむリーンハルトを一心に抱き寄せ、解決の糸口がないかと探す。

「ふ……ははははは！」

張り詰めた雰囲気に似つかわしくない笑い声が部屋に響いた。

ステラは声がする扉の方へと振り向いた。実に愉快と言わんばかりに、肩を揺らして笑うギデオンがいた。

「ギデオン様、ハルに何をしたんですか⁉」

ステラの冷え切っていた頭は一気に沸騰したように熱くなる。今までどんな理不尽な目にあっても、これほどまでに怒りを覚えたことはない。

「ギデオン……やめて。ねぇ、やめてってば！」

「動かないでください」

なおも笑い続けるギデオンにクラウディアが詰め寄ろうとするが、叶わない。

ギデオンの背後から現れたルッツが短剣を抜き、あろうことかクラウディアに剣先を向けたのだ。

「ル……ルッツ！　あなた、何をしているか分かっていますの⁉」

「クラウディア様こそ、そこから動かないでください。こちらに近づけば真っ先に切らなければならなくなります」

「こちら？　な……にを……」

「それがギデオン様から命じられた僕の仕事なのですから」

ルッツは敵――そのことを受け止められないクラウディアは一歩後退ったあと、ステラのそばで腰を抜かしたように床に崩れた。彼女は声を絞り出すこともできず、唇を震わせた。

ステラは奥歯を噛みしめ、散らばった冷静さの欠片を必死にかき集める。

（このままでは駄目だ。今は私がしっかりしないと……落ち着くんだ。ハルを助けるためにもヒントを引き出さないと）

リーンハルトは苦しみつつも意識はあるようで、濃い鱗も浮かんでいない。出会ったときのように、魔力暴走によって獣化のコントロールを失うほど症状は進行してはいない。まだ猶予がある。

未《いま》だに頭は怒りで熱いが、平静を装いながらギデオンに疑問を投げかけた。

「ギデオン様、ハルに何か恨みでもあるのですか？」

「ははは……いいえ？　私が恨んでいるのは聖女そのもの。これは復讐なのです。我が祖先……我が一族を裏切った聖女への復讐なのですよ！」

「――なっ」

「ステラ様とリーンハルト様もお可哀想に……すぐに出国すれば良かったものの。そこの聖女に関わったが故に巻き込まなければならなくなりました。せっかくですから、少々お話にお付き合いいただけませんか？」

目じりの皺を深くし、ギデオンはクラウディアへと視線を移した。表情は微笑みを保っているというのに、モノクル越しに見える水色の瞳は凍えそうなほど冷たい。

「私の祖先はエムメルス神聖国を支える研究者の一族でした。瘴気が発生する原因を探り、ダンジョンの仕組みを解明するのが主な研究内容でした」

ギデオンの口から語られたのは、一族の無念だった。

ダンジョンができる仕組みを完全解明することで、ダンジョンを制することができると考えたギデオンの祖先はある実験をしようと試みた。それは実際に、疑似ダンジョンを人工的に作り上げるというものだった。

あまりにも危険な実験だ。ダンジョンは規模によっては国ひとつ滅ぼすこともある。大国で軍事力のあるリンデール王国も、リーンハルトの助力があってようやくダンジョンの踏破が叶った。ダンジョンが一度発現すれば、命を賭けて挑まなければならない。

疑似ダンジョンの実験で、大陸の中心的存在であるエムメルス神聖国に何かあれば、大陸全体が混乱の渦に巻き込まれる。

危機感を募らせた当時の聖女は、一族に実験中止の命令を下した。それだけでなく、ダンジョンの研究そのもの停止と永久放棄を宣言。当然の判断だと思われた。

しかしダンジョンの解明を生業としていた一族の権威はあっという間に失墜し、『危険な一族』と迫害を受けるようになったらしい。

「聖女の声ひとつで世界は変わったのでございます。だというのに聖女は自分の言葉に責任を持つことなく、助けを求めても一族を救ってくれはしなかった。見捨てられたのだ……長年！　エムメルスに人生を捧げ！　尽くしてきた一族への仕打ちがこれなのかと、恨まずにはいられなかった！」

ギデオンの顔にすでに笑みはなく、憎悪に満ちた眼差しを向けながら怒声をクラウディアへと浴びせる。

クラウディアの大きなアンバーの瞳は見開かれ、時を止めたように表情は凍り付いたまま。ただただ血の気の失せた青白い顔で、ギデオンの言葉に小さく体を震わせていた。

聖人、聖女から見限られてしまえばエムメルス神聖国で生きていくことは難しい。ステラでも容易に想像できた。

一族は誇りを奪われ、過去の成果を否定され、苦しい生活を強いられたに違いない。

「これが祖父が幼い頃に一族の受けた仕打ちです。尊敬していた祖父がこのことを語るときの悔し涙は、未だに脳裏から離れません。両親が病で倒れても、一族の血を引いているからと誰も救ってくれませんでした……聖女様にこの苦しみが分かりますか？　分からないでしょう。だから聖女付き神官であり、教師だった私が最後の授業として、実際に教えて差し上げようと思うのです。あらゆる手段を用いて上り詰めたこの地位を使って」

「まさか、クラウディアを同じ目にあわせると？」

「さすがステラ様、正解です。聖女が一族の全てを奪ったように、私が一族を代表して大切なものを奪い、壊しましょう。大切な街、民、子どもたち——手始めに、ステラ様とリーンハルト様にはその一端を担ってもらいます」

ステラはあまりの状況の悪さに、下唇を噛んだ。

「ギデオン……何をなさるつもりですの？　このおふたりを巻き込んでまで何を」

ようやく口を開いたクラウディアの声は今にも消え入りそうだ。

「エムメルスの街を破壊し、天に魂を送ることで知らしめるのです。祖先には仇討の成功を、聖女には自らの過ちを」

「破壊ですって？　そんなことできっこありませんわ」

「先程、一族の研究内容を教えて差し上げたはずですよ」

「研究……疑似ダンジョンの発現実験……まさか魔物を使って街や民を傷付けるつもりなのね？　でも地下シェルターがあれば逃げることが――」

「ふ……ふはははははは！　本当にクラウディア様は愚かでいらっしゃる。種明かしをしましょう。地下シェルターこそ、疑似ダンジョンの母体なのですよ」

新事実にクラウディアは絶句し、ステラもゴクリと息を飲んだ。

リーンハルトの耳にも届いているのだろう、彼は身を起こしながら呻き混じりに口を開いた。

「やは……り、地下シェルターには、裏があったか。核はどう用意、するつもり……だ？」

「勘が良く、疑い深いリーンハルト様たちを欺くときは冷や汗をかきましたよ。核は魔物の心臓に残留している瘴気を集め、一族の秘術を用いて結晶化させるのです。あとは転移門を通して設置すれば完成でございます」

魔物の体内は瘴気で満たされている。死ぬことで体内から抜けていくが、心臓には濃く残っているため抜けるまで時間がかかるというのだ。大気に漂う薄まった瘴気を集めるより、ずっと効率が良い。

しかも高ランクの魔物であればあるほど、心臓に保有している瘴気は濃い。

そしてできた核を密室である地下シェルターに置けば辺りは瘴気で満たされ、魔物が生まれ、立派な地下型の疑似ダンジョンが出来上がる。

(だからギルドにわざわざ赴き、高ランクの魔物の心臓だけ引き取ってたのね……)

知らない間に復讐劇の助けをしていたことに気が付く。聖女や神官の優しいイメージを利用した、最低な手口に思わず舌打ちをしたくなった。

「随分と詳しく教えてくれるんですね」

まるで小さい子供が大人に自慢するかのような饒舌ぶりだ。

「はは……だってその方が状況の悪さを知り、絶望を味わってくれるでしょう？　お伽噺のような救世主のあなた様と、アマリアの英雄リーンハルト様が入国していると聞いたときは、疑似ダンジョンを作っても踏破されてしまうのではと心配になり、どうしようかと思ったのですがね。今となっては、クラウディア様を苦しめるのに良い材料になりそうで何よりです」

「ハルを殺すつもりなのですか？」

「そうなりますかね。このドラゴン封じの禁術は、ドラゴンの体内の魔力を強制的に暴走させるもの。ドラゴンについて調べていたら偶然見つけたのですが、竜人にも効いて良うございました。本物のドラゴンは大きく空を飛ぶため捕まえられず、魔法陣を用いることは現実的ではありませんでしたが、竜人ゆえに部屋に誘導すればこうもあっさりと」

クラウディアがドラゴンの本を見つけられなかったわけは、先に調べるためにギデオンが持ち出していたためだろう。

全てを知りながら、彼は親切なふりをして罠を張っていたのだ。

「リーンハルト様亡きあとは、ルッツがステラ様を天に送ってくれるでしょう。ふふ、憧れと親しみを抱いているおふたりが死ねば、聖女クラウディア様はさぞかし苦しんでくれるでしょうね？　クラウディア様、あなたは殺しません。慈しんでいた民が苦しみ、救いを求めてもあなた様は助けられない。愛する世界が消えていく光景をしっかり見て、長く苦しんでくださいませ」

「嘘……ですわよね？」

「目を逸らしたいのならお好きなように。でも現実は変わりません。もう時間ですので、それでは――」

ギデオンは冷めた目でクラウディアを一瞥し、踵を返した。

「ま――待ってギデオン！」

手を伸ばし叫んだクラウディアの声はギデオンに届くことなく、扉は閉ざされた。

「あ……そんな……どうして、いつから？　なんで……何がどうなって……」

クラウディアの瞳から光が消え、床に視線を落としたまま彼女は沈黙してしまった。

（本当に最悪の事態だわ……でも、じっとハルの死を待つわけにはいかない。私がふたりを守るの……私は何度も乗り越えてきた！）

ステラはリーンハルトを横たわらせ、彼とクラウディアを背で庇うようにルッツの前に躍り出た。身体強化の魔法を発動させ、使い慣れた短剣を構えた。

「クラウディア、しっかりしなさい！　何もしないうちに諦めてはだめよ。どんなに滑稽でも、生きているうちは足掻くの。黙って奪われるつもりなの？　私は嫌よ！」

「ス……テラ様？」

「私は諦めないよ。ハルはまだ死んでない！　絶対に助ける。ハルだけじゃない……私はクラウディアも助けたい」

背中で息を飲む音が聞こえた。「立ち向かう気持ちがどうか伝わりますように」と願い、ステラは正面で同じように短剣を構えるルッツを見据えた。

「――？」

しかしルッツからは全く敵意が感じられず、ステラは一瞬呆けてしまった。

彼は奥歯を噛みしめながら今にも泣き出しそうな表情を浮かべ、魔法陣の光が淡く浮かんでいる赤銅色の絨毯に短剣を落とした。そして両膝と両手、額を順に床につけた。

「ルッツ君？」

「ステラ様……申し訳ございません。まさかギデオンのやつがここまでするとは知らなくて、巻き込んでしまいました」

「あなたは、クラウディアを裏切ったわけじゃなかったの？」

「はい。ギデオンは本来、絶望を与えたあとクラウディア様を殺すつもりでした。僕はクラウディア様をお救いするために、協力するふりをしていたのです。ステラ様を殺せば、クラウディア様の命だけは助けるという約束で」

「その発言だけで、彼を捕まえることはできなかったの？」

「ギデオンは聖女付き神官。あいつの信用と影響力は絶大で、新参者の僕の証言のみで摘発することはできません。ギデオンの真の目的を突き止め、確固たる証拠を掴まなくてはなりませんでした……そうやって泳がせている間に、このような事態に――っ」

白くなるほど強く握られた拳を見れば、ルッツが嘘をついているようには思えない。

ステラは短剣をしまって、動けないリーンハルトを背負うことにした。

「まずはこの状況を打破することを考えましょう。ルッツ君はクラウディアをお願い！」

「はい！」

はじめに扉からの脱出を試みたが、鍵がかかっていてビクともしない。試しに魔法を使ってみるが無効化されてしまう。扉に強力な結界魔法がかけられているようだ。

「うっ……かはっ」

「ハル!?」

リーンハルトの口から血が漏れ出した。魔法陣の光の外に出たというのに、リーンハルトの症状は急速に悪化し始めていた。

治癒魔法と回復魔法を再びかけるが、焼け石に水。すぐに悪い状況へと戻ってしまう。

「なんなのよ、ドラゴン封じの魔法って……」

さらにおかしなことに大掛かりな魔法陣を発動し続けるには術者がそばにいる必要があるというのに、ギデオンが離れても魔法陣は発動したまま。

「魔法陣を直接壊してやるわ……《水壁《アクアウォール》》、《火波《フレイムウェーブ》》！」

ステラは自分たちを守るように水の壁を作り、火の魔法で絨毯を燃やし尽くす。苦手な火属性の魔法だったため威力が大きくなりすぎたが、今はそんなことを言っていられない。おかげで、絨毯はあっという間に灰になった。

しかし、魔法陣は消えるどころか光を増していた。絨毯の魔法陣はカモフラージュ。魔法陣は石造りの床全体に、隙間もないほど何個も直接刻まれていたのだ。これでは部屋のどこにいても影響を受けてしまう。

次にステラは床ごと壊すつもりで氷の大槍を放つが、扉と同じように魔法が無効化されて傷付けることすら叶わない。突き破れそうなガラスの窓もなく、まるで脱獄不可能な牢のようだった。どうすれば良いの――と、ステラが部屋中を見回していると、服の裾がツンと引っ張られた。

「ステラ様……魔法陣も結界も部屋の外にいる術者から魔力を注がれているようです。魔法陣と結界は連動しているのか、魔力の種類はひとつ……術者の魔力が切れるか、供給を止めることができれば魔法陣と結界は解かれるはずですわ」

神の目で見たのだろう、クラウディアが教えてくれた。未だにその華奢な肩は震えているが、アンバーの瞳には光が戻りつつあった。

ステラはリーンハルトをチラリと確認した。さっきよりも呼吸は浅くなり、肌には鱗が濃く浮かび始めていた。

（獣化のコントロールができなくなってきている。術者の魔力切れを待っていたら、ハルがもたない）

焦りばかりが募っていく。

「魔法陣と結界を壊したいけれど、攻撃魔法が効かないの。どうやって部屋の外の術者を止めれば良いのかな？」

「ステラ様の魔力を魔法陣に流し込んでみたらいかがでしょうか」

「――っ！」

「だって魔法陣は他者の魔力で発動しておりますもの……もしかしたら魔力干渉が効くかもしれませんわ」

　ステラに魔力干渉をしている自覚はないが、先日その能力は証明されたばかり。魔力の乱れを押さえつける要領で、術者の魔力を潰せばいい。

　次の相手は動物ではなく人間。成功すればもはや『干渉』ではなく『支配』だ。さらなる異端の証明になったとしても、大切な存在を失うよりずっと良い。一縷《いちる》の望みに賭けることにした。

「クラウディア、魔力はどこから流れ込んでいるか分かる？」

「扉から右、三歩分ずれた壁の下からですわ。ここです」

　クラウディアはよろめきながらも立ち上がり、場所を示した。

「そこだね。回復魔法と治癒魔法……どっちで干渉すれば良いと思う？」

「動物のときは治癒魔法が効いているように見えましたが……治癒魔法は内部に有効、対して魔法陣は床の表面に這うように魔力が流れております。外傷に有効な、回復魔法がよろしいかと」

「分かったよ。ありがとう――」

　ステラは一度だけ深く息を吸い込み、床に手を置いてありったけの魔力を込め始めた。

「止まってお願い――《回復》《ヒール》！」

ステラの魔力量はリンデール王国の魔法使いの中でもトップクラスだった。魔力の押し比べには自信があった。加減は不要。圧倒的な魔力の質量をもって、術者の魔力を押し潰すイメージを強めた。

「きゃ！」

魔法陣の光が弾け、クラウディアが悲鳴をあげた。

ステラも思わず目を閉じてしまったが、そっと瞼を開いて部屋を見渡すと魔法陣から光が消えていた。魔法を止めることに成功したのだと分かる。

「《氷槍》《アイスランス》」

間髪を容れずいくつもの鋭い氷の槍を床に落とし、ドラゴン封じの魔法が再発動しないように魔法陣に傷をつける。そしてすぐさまリーンハルトに駆け寄り、今度は優しく魔力を解放した。

「ハル、治してあげるね。《癒やしの水》《キュアアクア》、《回復》《ヒール》」

淡い光がリーンハルトの体を包み込む。すると歪んでいた表情が緩み、固く閉じられていた瞼が開かれ金水晶の瞳がステラの姿を映した。

「ステラ……助かった」

「ハルッ、良かった！」

ステラは横になったままのリーンハルトに、覆いかぶさるように抱きしめた。

なんとかしてみせる――と強気だったものの、実際のところ虚勢に近かった。成功した安堵と喜びで、胸がいっぱいだった。

「ハル、ハル、ハル！」

存在を確かめるように何度も名前を呼ぶ。

「ステラ、ありがとう。本当に、本当に――」

それに応えるように、ステラの体はリーンハルトにきつく抱き締められた。

彼の体は触れていなければ分からないほどわずかだが、小さく震えていた。不治の病は未だに根深く彼の心の奥に陰を落としており、死に対して敏感なのだ。ドラゴン封じにどれだけ恐怖を感じたのか、ステラを掴む彼の手から伝わってきた。

「俺はやっぱりステラなしでは生きていけない」

「うん。私もハルを失ったら生きていけない。いつまでも一緒だよ。何があっても、私が何度だって助けてあげる」

リーンハルトを救えたことで緊張の糸が切れそうになり、鼻の奥がツンとしてくる。

しかし気を抜くにはまだ早かった。

「ステラ様、大変です！　結界がまた発動してしまいました」

「え？」

「ドラゴン封じは床に刻まれていたので破壊できましたが、床や壁の内部に仕込まれた結界の魔法陣まで破壊できなかったのですわ。神殿の建設時に刻まれた古い魔法陣を利用しているようで、ドラゴン封じと連動が途切れても単独で使えてしまっているんですわ」

神の目を持つ彼女の言った通りだとすると、まだ部屋の外に脱出できないということだ。

壁や扉の造りも強固で、テーブルや椅子を投げつけても意味がない。

再び魔力干渉で結界を破ろうにも、ステラの魔力は消耗していた。魔力を回復させるポーションを飲んだが、回復するまで時間がかかる。その間にギデオンの計画は着実に進み、民を危険に晒すことになる。

「時間がないのに、どうしたら……」

「俺に任せろ。効かないのは魔法だけなのだろう?」

リーンハルトはステラの肩を押して、体を起こした。そして黄水晶の瞳孔を縦長に細め、手の鱗を鮮明に浮かび上がらせた。

「獣化して、もう大丈夫なの?」

「ステラのおかげで全快している。問題ない……少し下がって」

そうして彼は立ち上がり、扉に向かって駆けだした。走った勢いのまま、獣化しドラゴンの腕で扉を叩き殴った。扉は爆発に似た激しい破壊音を響かせ、廊下の遠く先まで吹き飛んでいった。

彼はステラたちに振り返ることなく、廊下の右側を見た。

「貴様だな。随分と苦しかったぞ?」

「ヒィ!」

殺気に満ちた威圧を受けた術者であろう男が悲鳴をあげた。ステラたちが追いかけて部屋の外へ出たときには、術者は白目をむいて失神していた。

「悪い……怒りが抑えきれなかった」

「死ぬ思いしたんだから仕方ないよ。でもこの人……神官？」

「えぇ、わたくしも知る……ギデオンの部下にあたる下位の神官ですわ」

術者は、クラウディアも顔を知っている身近な神官だった。神殿内の深くまでギデオンの仲間が紛れ込んでいるという事実に、ギデオンの力を認めざる得ない。

術者が目を醒ましても逃げられないよう縄で縛り上げてから、今後の方針を確かめる。

「ハル、私はこのまま何もせず立ち去ることなんてできない」

「同感だ。疑似とはいえ、ダンジョンの存在は見過ごせない」

ステラとリーンハルトは顔を見合わせ頷いた。

「私たちにできることはない？」

そう問うがクラウディアは表情を硬くしたまま、捕縛されている神官を見つめていた。

「もう誰が味方で、誰が敵か分かりませんの……信じていたギデオンの裏切りにすら気が付かなかったわ。そばにいたのに……ずっと一緒だったのに……っ！」

「クラウディア……」

「こんな出来損ないの聖女の言うことを誰が信じてくれるのでしょうか。誰が味方で誰が敵かも分からない中、わたくしがギデオンの計画を止めることなど——」

「クラウディア！」

ステラはクラウディアの肩を掴み、若葉色の瞳に強い意志を込めてて訴える。

「あなたは、この国を守りたいのでしょう？」

涙の幕が張った瞳が上を向き、ステラと視線が合った。

「分かるよ……信じていた人に裏切られ、一瞬にして世界が変わってしまう辛さは私も味わったから。絶望した……もう自分を思ってくれる人は、誰ひとりいないと思った」

今でも追放されたときの気持ちは忘れていない。思い出すだけで、口いっぱいに苦汁が広がる。

「それでも立ち直れたのはレイ兄さんや冒険者の仲間たちと出会い、自分の味方がいると知れたから。私が再びリンデール王国のダンジョンに行きたいと、かつての仲間を救いたいと願ったとき、ハルが危険を顧みず共に立ち向かってくれたから。クラウディア……今そばに誰がいる？」

「ステラ様……それにリーンハルト様に、ルッツ」

「うん。自分で言うのもなんだけど、最高の回復魔法士に最強の竜人、幸運を呼ぶ白いイタチもいる。力不足かな？」

クラウディアはステラ、リーンハルト、ルッツを順に見たあと、首を懸命に横に振った。

「ど、どうしてここまでしてくださるのですか？」

「じゃあ、クラウディアはどうして調べものに協力してくれたの？」

「それは憧れの方の力になりたかったからですわ。喜んでもらえると嬉しくて」

「私も同じ。何事にも一生懸命に頑張るクラウディアが大好きで、支えたいと思ったの。だから求めてくれるのなら、全力で助けるよ！」

揺れていたアンバーの瞳が定まった。そして彼女は背筋を伸ばし、強がってみせた。

「ステラ様、リーンハルト様、わたくしに知恵と力をお貸しくださいませ」

「うん、もちろんだよ。ね、ハル？」

「当然だ。全力を尽くそう」

アンバーの瞳はふたりから白い少年に移る。

「ルッツ……こんなわたくしだけれど、付いてきてくれないかしら？」

「もちろんです。僕はクラウディア様に一生を捧げると決めております」

「まぁ、大袈裟でしてよ」

「大袈裟なことはありません。亜人の恩返しはしつこいんですよ？」

ルッツはニィっと犬歯を見せて笑った。表情の変化に乏しい彼の笑顔はクラウディアにとっても珍しかったのか、きょとんとしたあと「期待してますわよ」と真似するように笑った。

彼女の表情から悲壮感は消え、代わりに瞳には力強い覚悟の光が宿っていた。

「わたくしたちはまず――」

そうクラウディアが口を開きかけたとき、低い地響きと共に神殿全体が大きく揺れた。

第五章　勇者たちの迫撃

「この禍々しい気配は――」

　リーンハルトが床を睨みつけるように呟いた。

「リーンハルト様、もしかして」

「地上から離れていても感じる強い気配。疑似ダンジョンが動き出したに違いない」

「そんな」

　ステラたちが部屋に閉じ込められてから、時間はそれほど経過していない。誰にも止められないように、このときを狙って前々から計画されていたに違いない。

「ハル、ギデオン様を捕まえるより先にダンジョンをどうにかしないと」

「あぁ、だが地下シェルターは神殿や街の地下にある。リンデール王国やアマリア公国のときように俺がドラゴンのブレスを使えば、神殿も街も跡形もなく消し去ってしまうな」

「ダンジョン内部の瘴気が自然になくなるのを待つにしても、その間に魔物は生まれてしまう。魔物が外へ出てきたとき、建物が密集している場所で対処するのは現実的じゃないよね」

　魔物の群れがダンジョンから出てきた場合、個人魔法では対応しきれない。そのときは数人がかりで魔法を重ねたり、同時詠唱で広範囲向けの上級魔法を使用して魔物を一掃する必要がでてくる。

しかし街中では建物が障害物となり、攻撃魔法の効果は落ちてしまう。倒し損ねた魔物が散れば、騎士や民への被害が増える。

つまり被害を最小限にとどめ、疑似ダンジョンを踏破する方法はひとつ。

「地下シェルターに踏み込んで、核を直接破壊するしかないな」

「そうだね。問題は誰が踏み込むか」

相談していると、扉が吹き飛んだ音で騒ぎを聞きつけた神官たちが駆けつけてきた。ステラとリーンハルトはギデオンの仲間ではないかと警戒するが、ルッツが制した。

「神官長！」

「おぉ、ルッツか！　クラウディア様と客人もご無事じゃな？」

「はい。しかし尻尾を掴むより先に、大変な事態が起きてしまいました。ギデオンの目的は疑似ダンジョンを作り出し、街を破壊することだったのです」

「疑似ダンジョンじゃと!?　まさかあの研究の……そうか、ギデオンは我々がやつの不穏な動きを探っていることを察し、潰される前に動いたのじゃろうな」

神官長と呼ばれた老齢の男は「なんと愚かな」と呟き、手で額を押さえた。ステラとリーンハルトがいても動じていないことから、ルッツはふたりのことも事前に伝えていたようだ。

「聖女様、今回は私どもの不手際であなた様を危険に晒し、大変申し訳ございません。聖女様に秘密にし、ギデオンを泳がせるようルッツに指示をしたのは私です」

神官長は深々と頭を下げるが、クラウディアは毅然とした態度で応える。

「詳しい弁明と謝罪はあとで聞きますわ。今は疑似ダンジョンを停止するために、地下シェルターに潜って核を壊さなければなりませんの。今すぐ聖騎士を招集し、精鋭たちに向かわせる手配をしてくださいませ」

するとしん神官長はさらに顔色を悪くさせた。

「聖騎士の精鋭なら、瘴気が濃く立ち込めている場所が見えるからと、クラウディア様による緊急命令で森に向かったばかりではございませんか」

「わたくしはそんな命令をしておりませんわ！」

「なんと。ギデオンのやつ図りおったな！　疑似ダンジョンから聖騎士を離すために嘘をついたのか」

ステラとリーンハルトが神殿を訪れる直前にすれ違った聖騎士たちは、嘘の情報で街の外まで行ってしまったらしい。

経験豊富な聖騎士たちはみな西の森へと出払い、現在神殿に常駐している聖騎士は経験の浅い新人ばかりだという。狂暴性が増しているダンジョンの魔物を相手するには心許ない。

聖騎士を呼び戻している間に疑似ダンジョンの奥では魔物が生まれ、地上へ出てきてしまう。すべてはギデオンの思惑通りに、悪い展開へと動き出していた。

「聖騎士が戻るまで、時間を稼ぐ必要があるな。ステラ……冒険者ギルドに応援を頼みに行ってくれないか？　少しでも魔物を倒せる人が多い方が良い。俺は魔物を抑えるため、先に疑似ダンジョンの入口へ向かう」

「分かった。すぐに仲間になってくれそうな人を探してくるね」

「神官長、勝手に話を進めてすまない。そういうことで良いだろうか？」

「青き竜人よ、助力感謝いたします。新人ばかりですが、残っている聖騎士を向かわせるので使ってください。今すぐ手練れの聖騎士を呼び戻す手配もします故、それまでお頼み申します」

こうしてそれぞれの持ち場へ向かう確認をしていると、クラウディアが縋るようにステラの腕にしがみついてきた。

「ステラ様、わたくしを冒険者ギルドにお連れくださいませ。神殿の不祥事のせいで頼みごとをするのです。神殿を代表する聖女として頭を下げたいのです」

「一刻を争うの。走れる？」

ステラは身体強化を使って最速で冒険者ギルドに向かうつもりだった。彼女は冒険者の中でも俊足。クラウディアの気持ちは分かるが、スピードを落とすことで間に合わなくなることを危惧した。

「僕がクラウディア様を背負って走ります。人ひとり背負っても、身体強化の速さについていってみせます」

ルッツの瞳は暗い赤から闇色に変わり、丸くて白い耳は大きくなり、口からは鋭い犬歯が伸びた。

獣化した亜人の身体能力の凄さは知っている。

（これなら間に合う。私の説明だけだったら突拍子もなくて、誰も信じてくれないかもしれない。

でもクラウディアとルッツ君がいれば、信憑性は格段に上がるはず）

ステラは頷いた。

「クラウディア、しっかりルッツ君にしがみついて落ちないようにね」

「ありがとうございます。頑張りますわ」

「じゃあハル、気を付けてね。いってきます」

リーンハルトが頷き、クラウディアがルッツの背に乗ったのを確認してステラは駆けだした。

「ステラ様、階段が面倒なので、近道を使ってよろしいですか？」

「もちろん。飛び降りる？　ルッツ君に任せるよ」

「はい。こちらです。クラウディア様、口を閉じてください」

「はいっ」

ルッツに先頭を任せ、ステラはついて行く。増築が重ねられた複雑な廊下を迷うことなく突き進み、吹き抜けのある大広間にたどり着くと躊躇することなく飛び降りた。

まだ事情を知らない神官たちの悲鳴が聞こえるが、聖女付き従者であるルッツの姿を見て咎める者はいない。

こうして最短距離で神殿を出て、冒険者ギルドの前にあっという間に着いた。

できるだけ強い人がいますように――そう願ってステラは勢いよく扉を開ける。すると見覚えのある金色の髪を視界にとらえた。

「あの人は――」

彼がいれば、必ず仲間も近くにいる。彼らがまだエムメルス神聖国に、しかもギルドに滞在していたことは幸運だった。

ステラはその人の元へと駆け寄った。

「アーサーさん、イーグルの皆さん！」

「おや、ステラじゃないか。どうしたんだい？」

「急な提案でごめんなさい。エムメルスでひと暴れしませんか？」

ステラがそう言うと、アーサーは一瞬目を見開いてから、口元に弧を描いた。

「面白そうだ。聞かせてくれるかな？」

リーダーのアーサーがそう言うと、指示される前にイーグルのメンバーは装備を確認し始める。

ステラの様子を見ただけで緊急事態だと察したらしい。さすがSランクパーティの嗅覚は鋭い。

「単刀直入に言います。例の地下シェルターが疑似ダンジョン化しました。現在ハルが入口に向かい、魔物が地上に出るのを防いでいます。今からダンジョンに踏み込み、核を壊すのを手伝ってくれませんか？」

冒険者パーティ『イーグル』の実力はよく知っている。ステラは対魔物の経験豊富な騎士をたくさん見てきたけれど、イーグルのメンバーは引けを取らない。

特にアーサーはソロでSランクの称号を持っているだけあって、個人のくくりであればリンデール王国内で一番強いと言っても過言ではない。

魔物の少ないエムメルス神聖国の聖騎士たちより、おそらくイーグルの方が実力も経験も上だ。

聖騎士たちが戻ってくるのを待たず、イーグルが核を壊しにダンジョンに踏み込んだ方が良いとステラは判断したのだ。

「地下シェルターは神殿の管轄だよね？　聖騎士がいるのに冒険者が出しゃばって良いのかな？」

「わたくしが許可いたします！」

ルッツの背から降りたクラウディアがアーサーの前に立った。

「申し遅れました。わたくし、エムメルス神聖国の聖女クラウディアと申します」

「聖女!?　この可憐な少女が？」

イーグルのメンバーの驚きは当然だ。彼らは聖女を神殿の外に出られない老婆だと想像していたのだから。

「小娘で驚かれましたよね？　仕方ありません……ですが、わたくしの願いをお聞きください。聖騎士は現在離れたところにおり、神殿に残っている者だけでは力が足りないのです……ダンジョンはとても危険な場所だということも承知しています。ですが、どうかお助けください。いくらでも報酬はご用意いたします。エムメルス神聖国を、民を救いたいのです！　どうか……どうか！」

「僕からもお願いいたします！」

クラウディアは腰を深く折って、アーサーたちに頭を下げる。ルッツも続いて片膝をついて頭を下げた。

聖女を名乗る少女と、神聖な白を持つ少年の必死な姿に、ざわついていたギルドのホールは静まり返った。

「ダンジョンとか面白そうなの。さっさと行くなの」

「エムメルスは平和すぎて暇だったしぃ～リハビリに最適だねぇ」

重苦しい空気を裂くように、双子の魔法使いアーリャとミーリャが我先にとギルドの扉の前に立った。

「逃げ場のないところでの索敵っすかぁ。スリルがあってワクワクするっすね」

「確かに、久々に楽しめそうだな。ようは魔物を切りまくれば良いんだろ？」

「ふーん。新しい魔法の実験にちょうど良いですね。少しは残してくださいよ」

索敵のマイク、剣士のゲイル、トラップ魔法専門のフランもみな高揚感を隠すことなく扉の前に立ち、リーダーの出番を待った。

「えっと、これは……」

クラウディアは確かめるようにアーサーを見上げた。

「聖女様、自分たちは楽しみたいだけだし、たいした頼みごとではない。心配しなくても余裕だ――というメンバーなりの気遣いのつもりなんだ。口悪く不器用で申し訳ないね」

「その、つまり」

真意を測りかねているクラウディアの前でアーサーは片膝をつき、彼女の片手をすくいあげた。

「どうかイーグルのみんなを信じて欲しい。リンデールでの僕の二つ名――東の勇者の名に相応しい働きをすることを約束しよう！」

青色をした強い眼差しを受けて、クラウディアはぐっと感極まったように一度言葉を詰まらせ、

「もちろん、信じております」と絞り出すような声で返した。

アーサーの姿はまさに聖女に勝利を誓う勇者そのものだ。そして彼の視線はステラへと移る。

「誘ったのはステラだよ。当然、僕たちと一緒に来てくれるんだよね？」

「もちろんです。私もハルもダンジョンに入ります」

「うん。最強のパーティの出来上がりだ」

満足げな笑みを浮かべたアーサーは立ち上がりメンバーを見渡すと、その表情を不敵なものへと変えた。

「さぁ、暴れに行こう」

メンバーの纏う空気もガラリと真剣なものへと変わる。

雰囲気に飲まれたギルドの他の冒険者を背に、ステラたちはイーグルを連れて神殿へと再び駆けた。


ルッツの案内で地下シェルターの入口についたとき、そこには数体の魔物の亡骸が転がっていた。どれも喉笛を切られており、それ以外の傷はなかった。

「ハル！　イーグルを連れてきたよ。状況は⁉」

「イーグルか……！　見ての通り魔物は低ランクばかりで本物のダンジョンほどではない。しか

し人工的な核だから活性化に時間がかかっているだけかもしれない。魔物が少ないうちに核を壊しに地下に潜りたいが――」

「大丈夫。イーグルの皆さんは了承済みだよ。聖騎士を待たずに行こう。クラウディアの許可も得てるよ」

「それは良かった」

リーンハルトは神殿に残っていた新人の聖騎士に一旦その場を任せ、神官長から預かっていた地下シェルターの設計図を広げた。

「地下に踏み込むにあたって問題が発生している。核の設置場所の候補が複数あるんだ。転移門は最奥の部屋にあるが、必ずしもここに核が設置されているとは限らない。転移門に行く途中には待機所が四か所あり、道が分かれていている。道を間違えれば、引き返すまでの間に警戒網をすり抜けた高ランクの魔物が地上に出るかもしれない」

アーサーが地図を覗き込む。

「一見整地されているが、迷路のようだな。核の場所を分からないようにしているあたり、たいした再現率だ。本物のダンジョンと同じじゃないか……ハル君が気配を辿ることはできないのかい？」

「魔物の居場所を見つけるのは得意だが、すでに魔物が溢れていたら、俺でも魔物がどこから現れているかまで判断できないだろう。イーグルの索敵担当はどうだろうか？」

「同じだね。マイクは一流だが、魔物の数が多ければ厳しい。面倒だから、ハル君の力で一掃することはできないのかい？」

「ドラゴンの姿になるには地下シェルターは狭すぎる。体の大きさを調節したとしても、ブレスを使えばシェルター自体が崩れ、内部にいた者は生き埋めになり、地上部にある大神殿も倒壊するだろうな。俺は人の姿のまま戦うことになる」

「基本的には剣で倒し、魔法で身を守る方法しかないわけだね。実にシンプルだ。方向性は決まったから、そろそろ行かないかい？」

ペースは遅いが、魔物は出てき始めている。待てば待つほど内部で魔物は増えていき、奥へと進めなくなる。

「アーサーさん、リーダーはあなたに任せる」

「おや？　ハル君じゃなくて良いのかな？」

「俺は単独で動くことが多いのに対して、アーサーさんはパーティの連携や指示の経験が豊富。適任者はあなたしかいない」

リーンハルトの提言に、ステラやイーグルのメンバーは頷き、満場一致でアーサーがリーダーを務めることになった。

「承知した。ではメンバーはイーグルと、ハル君、ステラの八名で良いね？」

「お願いがございます」

そこにクラウディアが待ったをかけた。

「わたくしも参ります。神の目を使えば瘴気の流れを見ることができますわ。流れを辿ることができれば、道を間違うことなく核がある場所へと導くことができると思いますの」

「確かに欲しい力ではあるけれど、戦ったこともない小さなレディを危険に晒すわけにはいかない。僕たちは約束を必ず守るから、この場で待っていてくれないかな？」

アーサーの言い分は当然だ。戦えない人を庇いながらダンジョンの踏破をすることは非常に難しい。

「だったら、また僕がクラウディア様を背負います。動きはギルドから神殿に来る間にご覧になったはず……絶対に遅れをとりませんし、クラウディア様は僕が守ります！」

「聖女様が行くなら私も！」

「俺も聖女様をお守りします」

ルッツの名乗りに刺激され、集まっていた新人の聖騎士や腕に覚えがある神官までもダンジョン行きを志願し始めた。

アーサーは冷静にその様子を一瞥し、告げる。

「戦いに慣れたメンバーで挑みたいし、守る対象は少ない方が良い。最低条件はBランクの魔物を単独で倒せることだ。あわせて常に身体強化の魔法を使える技量と魔力を保有していること。君たちの中に該当者はいるかい？」

問いに頷く者は誰もいなかった。

「連れて行くのは聖女様とイタチの少年のみ。他は認めないよ。核を壊すことを優先するため低ランクの魔物はある程度見逃し、奥へ進む予定だ。君たちは出口でそれを倒しておくれ。聖女様、それで良いかな？」

「アーサー様、ありがとうございます！」

「とんだお転婆な聖女様だ。神の目、頼りにしているよ」

「はい！」

ダンジョンに入るメンバーが決まった。疑似ダンジョンの内部に入るのは皆初めてのこと。未知のエリアであり、核の正確な場所も分からず、逃げ場のない長い通路を通らなければならない。ダンジョン経験歴の長いステラ、三度ダンジョンを踏破したリーンハルト、ベテランのSランク冒険者のアーサーたちでさえもわずかな緊張を感じていた。

「準備は良いかい？」

アーサーが剣を抜けば、続くようにメンバーは各々武器を取り出し、覚悟を決めていく。

「リーダーとして誰も死なせない。僕についてこい！」

全員が強く地面を蹴りだし、階段を駆け下りていく。

ついに疑似ダンジョンの踏破に向けた作戦が開始された。


地下シェルターの通路は想像よりも広かった。全員が横並びできる幅に、二階建ての天井ほどの高さがあり、地面には石畳が敷き詰められていた。ありがたいことに照明用の魔道具も設置されており、視界も確保できている。

「Dランク二体、Cランク一体が接近してるっす。Cランクが先頭っすね。あと十秒で到達」

「アーリャは水魔法。ミーリャは氷魔法だ。ハル君はとどめを！　ゲイルと僕でDランクは切り捨てる」

魔物を見つけたマイクの報告をもとにアーサーが指示をだす。

Cランクの魔物は双子姫の魔法によって氷漬けになり動きを止めた。リーンハルトが剣を振ってその喉笛を切り、Dランクの魔物は剣士ふたりの一太刀で絶命した。一切の無駄がなく、魔物は倒れていった。

戦闘組のあとを追うように回復役のステラが控え、クラウディアを背負ったルッツが続き、最後尾には見逃した魔物が背後から襲ってこないよう、フランがトラップ魔法を仕掛けながら付いていく。

倒した魔物は置き去りにし、全員足を止めることなく前へと走り続けていた。

（さすがイーグル、無駄がない。私が魔物に攻撃する機会なんてないし、進むスピードも速い。このパーティなら街に被害を出さずに核を壊せるはず。問題は……）

ステラは横目でチラリとクラウディアを見た。

「大丈夫？」

「は、はい。わたくしは神の目で見ているだけですもの」

飛び散る血に肉塊。生々しい光景を前にクラウディアの顔色は青白い。それでも目を逸らすことなく、瘴気の元を辿る道をしっかり示してくれている。自分の役目を果たそうと頑張っていた。

ルッツも持ち前の反射神経で連携を崩さない位置を走り、即席パーティとは思えないチームワークだ。

（私の初陣のときはどうだったかな。クラウディアのように気丈に振舞うことなんてできなかった）

十四歳のとき、ステラは聖女としてリンデール王国のダンジョンに赴いた。

初めて見る魔物の禍々しい姿に、迫りくる大群に、その後に起きた光景に腰を抜かしそうになった記憶がある。魔物が怖かったのではない。騎士の実力は信用していた。

魔物は体表が黒いだけで、動物とほぼ変わらない形をしている。それらの命が屠られる多さに衝撃を受けたのだ。

しかも当時はまだ前線に出るようなことはなく、遠くから眺めるだけだった。割り切って直視できるまで、ひと月かかってしまった。

（でも今は遠くから見ているだけじゃなくて、目の前で魔物との戦いが繰り広げられている。泣きたいよね。気持ち悪くて吐き気もあるよね……クラウディア、あなたは凄いよ）

クラウディアの覚悟を感じ、ステラは気を引き締め直した。

感覚で全体の半分ほど進んだ頃、状況が変わってきた。地下シェルターは未完成の施設。奥に進むにつれて、照明器具はなくなり暗闇の世界へと変わっていった。

暗いところでは、黒い姿の魔物の動きが捉えにくくなる。すぐにステラが魔法で光源を確保した。

魔物の数も増え、ランクも上がってくる。一体の魔物を倒すのにかかる時間も少しずつ延び、前進するスピードも落ちてきた。

「Cランクの小さいのは双子姫とゲイルに任せたよ」

「了解なの。捕らえるなの――《影沼《シャドウレイク》》」

「目を回しなぁ～《風撃《ウインドインパルス》》」

「よっしゃぁ、切り放題だぜ！」

双子姫が複数の魔物の動きを一斉に封じる。本来は攻撃魔法で一掃したいところだが、ここは洞窟と同じ状況。派手な魔法を使えば崩落の危険もある。魔法使いは徹底的にサポートに専念し、前衛が剣で仕留めていく。

「B――いや、Aランク？　大きめのがくるっすよ」

「双子姫の邪魔にならないようハル君、僕たちは奥でやろう」

「承知した」

リーンハルトが腕を獣化させ、先頭へと躍り出る。相手は黒狼が二体。素早い動きで迫りくるが、彼のスピードの方が上だ。二体ともしっかり捕まえ、地面に叩きつけるように奥へと投げ飛ばした。

「僕は右をいただく」

「俺は左だな」

リーンハルトはそのまま黒狼の首を折り、アーサーも一瞬にして黒狼に肉薄し脳天に剣を突き刺した。

　銀色に輝いていたアーサーの剣には赤黒い血が滴り、すでに真新しさはない。他のメンバーの剣も同じだ。

　ステラは魔法で水を生み出し、剣に纏わせて血を洗い流していく。すると名剣だけあって、あっという間に輝きと切れ味を取り戻していった。そしてメンバーの体に傷を見つけ次第、回復魔法もかけていく。

「ステラ、ありがとう。細かいフォローはさすが他の回復魔法士とは違うね。どんどん進むから、頼むよ」

「任せてください」

　特にリーンハルト、アーサー、ゲイルはスピード重視で魔物を仕留めるために多少の無理をしてでも魔物の懐に飛び込むので、小さな傷が絶えない。

　彼らがこのようなリスクのある攻撃方法を選べるのは、最高の回復魔法士ステラがいるためだ。彼女は全幅の信頼を寄せられていた。

「ステラさん、後ろから来てるんで聖女様の守りをお願いしますよ」

　フランに声をかけられ振り向くと、魔物一体が迫ってきていた。見逃した覚えのないBランクの魔物だ。

「どうして……瘴気の流れはこちらからきておりますのに」

「クラウディアは間違ってないよ。途中の分かれ道の奥に潜んでいたのが出てきただけ。マイクさんの索敵でも引っかからないくらい奥にいたんだと思う」

「聖女様、ステラさんのいう通りですよ。これは見逃したマイクが悪いんです。あとで罰ゲーム決定――強制発動《光爆発《サンバースト》》」

「《水盾《アクアシールド》》！」

フランが詠唱したのと同時に、ステラは水の盾を作って自分とクラウディアを囲んだ。シンプルな魔法陣が魔物の足下に浮かび、その瞬間強い光が発せられ、水盾の表面が半分ほど蒸発した。光が収まるとそこには丸焦げの魔物が倒れていた。

もちろんフランは無傷で、変わらず涼しい顔をしている。

「ふーん。シェルターの壁は焦げたけど壊れてないようですね。地下シェルター内で、魔物を魔法で倒すなら光属性が良さそうですね。少々改良の余地ありですが」

トラップ魔法は、魔物が魔法陣の上にいなければ効果は低い。その代わり少ない魔力量で、強力な魔法を使用することができる。神殿で使われたドラゴン封じの魔法陣も同類だ。

一般的に魔法陣は事前に準備するものだが、フランの場合は精緻な風の魔法や土の魔法でその場で地に刻んでいく。

「リンデール王国の冒険者は強いと伺っていましたが、ここまで実力が高いとは思いませんでしたわ」

「僕もこんなに強い方に会ったことはありません」

クラウディアとルッツが小声で呟いた。ふたりが驚くのも仕方ない。今いるメンバーの強さが異常なのだ。

「イーグルは特別。リンデール王国だけでなく、向こうの大陸でも三本の指には入るパーティなんだよ。そのメンバーにハルも加わっているから……ね？」

冒険者パーティとしては過剰戦力を有している。

「巡り会えたのは幸運ですのね」

「クラウディアの日頃の行いを神様も見てたんじゃないかな？」

「そうだと宜しいんですけれど――マイク様、突き当たりを右ですわ！　残るは転移門のある部屋か、神官用の待機所の二択ですわ」

「了解っす！　核まであと少しっすね」

イーグルが凄いと言いつつも、クラウディアは気後れすることなく一員として馴染んでいる。イーグルのメンバーの人柄もあるが、きっとルッツがそばにいるという安心感のおかげもあるのだろう。

「Aランク感知っす！　動きはなし。かなり大きいっす」

「アーリャは光源最大、ミーリャはひと槍用意だ」

「分かったなの。《光《ライト》》《拡大《エクスパンド》》」

光魔法で通路の奥まで照らしていく。すると幅のある通路の大半を塞ぐように、巨体の黒い牛が佇んでいた。

家畜として飼われている牛とは全く違う。頭には太く黒い角、獅子のような鬣《たてがみ》が太い首を守り、肩から前足にかけて筋肉で膨れあがっている。闘牛を何倍も禍々しくしたような姿だ。

光魔法で照らされたことで、赤い目がギロリとこちらを向いた。

「ヤバい感じぃ――《氷槍》《アイスランス》！」

ミーリャの研ぎ澄まされた氷の槍が一直線に黒牛《こくぎゅう》の脳天に向かっていく。

しかし当たる直前に黒い角に弾かれ、氷の槍は砕かれてしまった。

「モォォォォォォ！」

黒牛の怒りの声が反響し、シェルター全体の空気が震える。黒牛は蹄《ひづめ》で地面を数回叩いたあと、ステラたちに向かって突進してきた。

通路の幅を占領するほどの巨体が迫る中、避ける場所はない。

「双子姫は足止めを――」

前衛にいたリーンハルト、アーサー、マイクが後方に飛び退き、双子姫が空間魔法に収納していた大きい杖を出しながら揃って前へと出た。

「共鳴魔法――集え聖なる光、我らに守護者のベールを与えん！《光の牢獄》《ライトニングプリズン》」

重ねられた詠唱のあと、淡く光る壁が黒牛と双子姫の間にそびえ立つ。黒牛が構わず突進し正面からぶつかると、地震のような衝撃で通路全体が揺れた。

しかも黒牛は突進を繰り返し、光の壁を破らんとしてくる。魔法の壁は壊れていないが、双子姫の表情からは余裕が消えていた。

「ふたりとも少し堪えてくれ！」

アーサーは双子の背に叫ぶと、振り返った。

「避ける場所がないここでは、地形的に不利な相手だ。まともに相手をしていたら同じような魔物が現れた場合、対応しきれなくなる。ここは二手に分かれよう。フラン、さっきの魔法良かった。残って黒牛を頼めるかい？」

正確に魔物を魔法陣の上で足止めするのは難しいが、黒牛は直線的に突進するタイプだ。トラップ魔法を仕掛けやすい相手だろう。フランが適任とアーサーは判断した。

「ダンジョンの核を見たかったけれど、アーサーさんの指示なら仕方ないですね。やつの毛皮を見るに一度のトラップ魔法で倒すのは無理でしょう。周囲警戒にマイク、前衛のゲイルも残してください。索敵はリーンハルトさんもできるんですよね？」

「問題ない。俺に任せてくれ」

「ではさっさと行ってください。双子の魔力が勿体ないです」

マイクはフランの代わりに最後尾へと下がり、ゲイルはフランを背に庇う位置に立った。

他はアーサーの真後ろに付いた。

「黒牛の上を飛び越えていくからね。タイミングは一度だけだよ。僕に合わせて――アーリャ、ミーリャ！」

黒牛がぶつかる直前に光の牢獄が解かれ、不意打ちを喰らった黒牛は前に蹟く。その瞬間を狙ってステラたちは前へと駆けだした。

「僕に続いて――《空中架橋》《ハイランダブリッジ》」

黒牛を飛び越えて向こう側へと運ばんと、アーサーの風魔法がメンバーの体を浮かせた。巻き上げるような強い風だというのに、空中でも安定した姿勢のままでいられる。

黒牛が気付き角を突き上げるが、届かない。

風の魔法に守られ全員難なく着地すると、振り返ることなく駆けだした。

フランの魔法が発動したため、標的を彼に変えた黒牛は追ってこない。

「アーサーさんって、こんな上級魔法をソロで使えたんですね」

「ステラたん知らなかったなの？　アーサーたんは実はうちらより魔法が上手なの。生意気なの」

「魔力量が少ないから、身体強化の魔法以外は滅多に使わないんだけどねぇ～ほぼ攻撃魔法なしでソロSランク。まじ天才ってむかつくぅ」

双子姫は文句を言いつつも、表情はどこか自慢げだ。

「さすがだな。俺も風系魔法に磨きをかけなければ」

「ハル君の反応速度と腕力には及ばないけどね」

「剣の技術ならアーサーさんの方が上じゃないか」

リーンハルトとアーサー、最強同士が褒め合う。おかげでメンバーは三人減ったというのに、全く心細くならない。ふたりの言葉を証明するかのように危なげなく奥へと進んでいく。

しかし最後の分かれ道にたどり着く頃、異変が起きた。通路に黒い霧のようなものが漂い充満し、視界を遮り始めたのだ。黒い霧の正体は瘴気だ。神の目を持たない者でも見えるほど、瘴気が濃くなってきていることから核が近いと分かる。

「通路の奥から多くの魔物の気配がする。核があるのは転移門のある部屋だ。クラウディア、どうだ？」

「リーンハルト様のおっしゃる通りですわ。神官の待機所に通じる通路からは、瘴気が流れ出ている様子は見られません。転移門のお部屋で間違いございません」

「そうか……しかしこの視界は厄介だな。《風圧《ウインドインパルス》》──なんだ？　魔法が……」

黒い霧を風で換気しようとしたリーンハルトが、怪訝な表情で先を見つめた。

「やっぱりハルたん様もなの。魔法が効きにくくなってるなの」

「分かるぅ。本当に魔力と瘴気の相性って最悪ぅ～窓も換気口もないから、瘴気が溜まりっぱなしってところが辛いねぇ」

瘴気は魔力を乱す。濃密すぎる瘴気を前に、魔法の効力が落ちてしまっていた。

しかも魔物のランクも高くなっている状況で、魔法が弱まっているのは致命的だ。

「《降雨《レインドロップ》》」

ステラは雨の力で黒い霧を水に吸着できないかと考えたが、効果は見られない。

いくら強いイーグルとはいえ、魔物の姿が見えなければ倒すのは難しい。せめて視界だけは確保しようとしたが上手くいかない。

（どうしたら……）

メンバーは足を止め、打開策を考える。リーンハルトのおかげで魔物が来るタイミングは分かるものの、転移門のある部屋に突入し、魔物に四方を囲まれたら対応しきれない。

「わたくしの神聖力でどうにかなるかもしれませんわ」

クラウディアが緊張した面持ちで口を開いた。

聖女の神聖力は瘴気を払う力だ。今こそ必要な力だが、効果を得るには条件があったはずだ。

「クラウディアの神聖力は武具や水など、何かしら物に力を込めることで発揮されるんじゃなかったの？」

「そうなんですけれど、試したいことがございますの……直接瘴気を払ったことはありませんけれど、伝記によるとエムメルス神は武具に加護を与えず、瘴気を払ったという記述もありましたの。もしかしたら……ですけれど」

クラウディアはルッツの背から降りて、両膝を地につけた。両手を胸の前で組むと、固く瞼を閉じた。

とっさにステラたちは無防備になったクラウディアを囲み、守りを固めた。

「我が祖のエムメルスよ、希望の光をお与えくださいませ。敬虔な信徒であり、今代の聖女クラウディアが望む声にお応えくださいませ。魔を払え――聖なる光よ、道を拓《ひら》かん！」

クラウディアが手を前に突き出した。するとダイヤモンドダストのように白く輝く、光の粒子が奥へと放たれた。

光の粒子が通ったところから、視界を遮っていた濃密な黒い霧が薄まっていく。先の見えなかった通路が、奥まで見通せるようになった。闇が払われ光で満たされた通路は、まるで神が導く道のようだ。

「うっ……」

光の粒子が消えると共に、クラウディアは胸元に手を当てながら肩で息をした。

「大丈夫⁉」

「神聖力を一度にたくさん使ったので、少し疲れてしまっただけですわ。ふふ、使えてしまいました」

「凄いよ、クラウディア！」

「でも申し訳ありません。何度も繰り返し使えそうにありませんの。転移門のある部屋にも濃い瘴気が残っているはず……そこで最後になりますわ」

偉大な力は、魔力の消耗と体への反動が大きいらしい。使えるのはあと一度だけ。それをクラウディアは申し訳なさそうに謝るが、ステラは首を横に振って否定した。

クラウディアが疑似ダンジョンへの同行を申し出てくれていなかったら、イーグルが最強パーティだとしても苦戦を強いられ、危機に陥っていただろう。

彼女の勇気がこの疑似ダンジョン踏破に希望を与えたのだ。

もちろん他のメンバーも同じで、クラウディアを褒めることはしても責める者は誰もいない。

「さすが聖女様だね。僕も負けてられないな。目的地はあと少し。再び瘴気に邪魔される前に急いで進もう。ハル君、魔物は――」

「小型Aランク二体あり。素早いだけだ」

「押し切るよ。双子姫は聖女様の守りを。ステラは僕たちのフォローを」

　アーサーとリーンハルトが再び奥へと駆けだした。言葉通り、時間をかけずに奥に進むために、高ランクの魔物であっても躊躇うことなく突っ込んでいく。

「クラウディア様、早く僕の背にお乗りください」

「分かったわ」

　クラウディアがルッツの背に乗ったのを確認し、後ろは双子姫に任せてステラも前衛へと駆けだした。

　すでにリーンハルトとアーサーは黒狼二体と交戦中だ。

　ユルルクではBランクの黒狼だが、ダンジョン生まれは濃い瘴気で強くなっているためAランクに引き上げられている。その証拠に普通の黒狼程度では後れをとらないふたりだが、鋭い牙と爪に首を狙らわれ頬に傷を作っている。

　それでもふたりは引くことをせず黒狼に肉薄し剣で切り倒すと、すぐにまた前へと走り出す。

「《回復《ヒール》》」

　ステラも走りながら回復魔法をかけ、次の魔物に備えた。黒い霧も再び濃くなっていく。

「近いぞ！　奥に大量の気配が溜まっている」

「リーンハルト様、そこが転移門のある部屋でございます！」

　足を止めることなく転移門のある部屋に踏み込んだ。

　夜会が開けそうな広いホールくらいの空間が広がり、奥には祭壇のような台座に設置された転移門がある。その前には黒々しく歪で、赤子ほどの大きさのある石『核』が置かれていた。絶え間なく蒸気のように黒い霧――瘴気を吹き出していた。

幸いにも視界を遮るほどの黒い霧は充満していなかった。理由は空間が広かったからではない。瘴気は煙のように漂い霧散することなく、意志があるかのように集まって魔物の形を形成していた。この部屋には覚醒していない生まれたばかりの魔物が何体もいた。

（この空間で瘴気が少なく見えるのは、魔物を生み出す材料になっているからだわ……つまりこれだけの魔物の数がいるということは、目に見える以上に瘴気が濃い証拠。何より……）

ステラは中央で暴れる体の大きな魔物を見た。

瘴気をたっぷりと吸収し、邪悪な姿へと進化を遂げたのだろう。その姿は、先程通路を塞いでいた黒牛よりも大きい。Sランクの中でも上位に君臨するダンジョンの皇帝――黒獅子《くろしし》がいた。国を代表する精鋭騎士が、集団になって相手をしなければ倒せない魔物。今は転移門の部屋から出られないことへの怒りで他の魔物に八つ当たりをしていて、ステラたちに気付いていない。

（黒獅子……瘴気の濃さに対して外に出てくる魔物の数が少なかったのは、おそらく黒獅子が同族を倒していたからだわ）

一度後退し、双子姫が土の魔法で通路を塞ぎ、壁に見えるようにカモフラージュした。

「魔物はいるが、幸いにもSランクはまだ一体。好機を逃すわけにはいかない。フランたちを待たずに僕たちだけで切り込むよ。良いよね？」

アーサーの提案に緊張感が一気に高まった。

「僕とハル君が黒獅子の意識を引きつけつつ核を壊す。攻撃を受ける前提で強引に行くから、回復魔法を即座にかけてもらうためにも、ステラは距離を保って僕たちについてきて欲しい。双子姫は魔物の動きを鈍らせたあと、聖女様と従者君の守りに徹してくれないかな」

アーサーは当然のように言うが、戦力的には後方にいる三人が合流してからが望ましい。しかし待っていれば魔物の数は自然と増えていき、二体目のSランクが生まれてしまう可能性もある。

(身体能力の高い亜人の狩人が集まっても苦戦したというのに、あの黒獅子にたった数人で挑む。しかもクラウディアとルッツ君を守りながら……)

迷っている場合ではないのに、ステラは強大な敵を前にわずかな恐怖で心がすくむ。以前アマリア公国で戦った黒獅子への恐怖はまだ忘れていなかった。

そのとき、ぎゅっと強く手が握られた。

ちらりと隣を見れば、黄水晶の瞳に覚悟を宿したリーンハルトと目が合った。

「大丈夫。ステラは必ず守る。前にも約束しただろう？」

彼の言葉はいつもステラの気持ちを軽くしてくれる。

(今回の仲間は最高ランクの冒険者たちだし、クラウディアは最大の問題である瘴気を払ってくれるし、ルッツ君の動きには安心感がある。何より、ハルは絶対に約束を守ってくれる。大丈夫、私たちはできる)

「ハル……」

ステラはリーンハルトの手を強く握り返し、右から左へとパーティのみんなの目を見た。

「どんな怪我でも私が治してみせます。行きましょう、リーダー」

「ふっ、心強い。じゃあ聖女様が瘴気を払ったタイミングで行こう。僕の指示はこれが最後だ——死ぬな」

アーサーの剣が青白く光りだす。魔力を流すことで切れ味を増強させる魔剣だったらしい。魔力の少ない彼は、このときまで切り札を隠していたのだ。身体強化の魔法を最大限まで引き上げたのか、魔力に反応して青い瞳と金色の髪が淡く輝いて見える。

リーンハルトは獣化を進めていく。肌のあらゆるところに青みを帯びた鱗が濃く浮び、黄水晶の瞳の瞳孔は縦に細くなり、指先から鋭い爪が伸びていく。防御のために展開した風の魔法が青い髪を靡かせた。

金と青の色を持つ最強のふたりの本気の姿に、残りのメンバーの士気も高まる。

ステラも身体強化の魔法を足に集中させ、走り出す体勢を整えた。緊張で乱れていた呼吸も、覚悟を決めると共に落ち着き、思考もクリアになっていった。

「皆様、参ります」

クラウディアが祈りの体勢になる。

「我が祖のエムメルスよ、希望の光をお与えくださいませ。敬虔な信徒であり、今代の聖女クラウディアが望む声にお応えくださいませ」

双子姫が土の魔法を解除する。

「魔を払え——聖なる光よ道を拓かん！」

土の壁がなくなり黒獅子の姿が再び現れた瞬間、強い光の粒子が空間を駆け巡る。色濃く漂っていた瘴気が消えていき、形成途中だった魔物は姿を保てず煙のように霧散した。

「溺れろなの。《大洪水《デリージュ》》！」

「痺れちゃいなぁ～《落　雷《サンダーボルト》》！」

アーリャの作り出した大量の水が小さな魔物を飲み込んで押しつぶす。追い打ちをかけるようにミーリャの雷が魔物を襲う。低ランクの魔物は息絶え、生き残った高ランクの魔物は感電による痺れで動きを止めた。

しかし黒獅子にはさほどダメージがない。地下シェルターが崩れないようにと、手加減された魔法では効かないらしい。

リーンハルトが先頭で飛び出し、アーサー、ステラが続く。

「ガアァァァァ！」

黒獅子が雄叫びを轟《とどろ》かせ、ギロリと赤い瞳で睨みつけてくる。周囲にいる魔物を蹴散らすようにこちらに突進してきた。黒獅子の前足がリーンハルトを潰さんと迫る。

「《風　撃《ウインドインパルス》》」

小さな竜巻が黒獅子の顔面に直撃し、前足の軌道がずれる。リーンハルトはすれすれで躱し、黒獅子の前足に爪を突き立てた。

「グオォォォ！」

黒獅子が痛みで前足を振り払い、リーンハルトの体は横に飛ぶ。

しかし空中で体を捻り、着地した瞬間また黒獅子へと直進する。

腕を庇う素振りが見えたため、すかさずステラはリーンハルト目掛けて回復魔法の力を込めた水を飛ばし、傷を治す。

「《水回復》《アクアヒール》」

「こっちにもいるんだけどね」

リーンハルトに気を取られている間に、アーサーは黒獅子の腹の下に滑り込んでいた。天に虹を描くように剣を振るい、腹を割いた。

「チッ、硬い毛皮だ」

傷を負わせることはできたが浅い。

アーサーはすぐに黒獅子から距離をとり、背後に迫りくる魔物の生き残りを薙ぎ払った。

リーンハルトが負わせた爪の傷跡も深くはないようで、黒獅子の防御力の高さを改めて実感させられる。

だからこそリーンハルトとアーサーの強さも改めて認識した。

黒獅子に近づいて小さな傷を与えては離れ、その間に生き残っている他の魔物も屠る。動きが鈍いとはいえ、周囲の魔物がふたりの邪魔をするので黒獅子に集中できない。無視することもできず、どうしても相手をしなければならない。

しかも雷の痺れの効果が薄れて魔物の動きは機敏になりつつあった。けれども彼らは冷静に対処していた。

高い身体能力と、豊富な経験、戦闘センスの才能のどれが欠けてもいけない。並大抵の冒険者はもちろん、国の精鋭騎士でも難しい至難の技を彼らは見せていく。

（足手まといにならないように動かないと。わずかな変化も見逃さず、最速で回復魔法を使わなくちゃ）

圧倒的な強さを前にステラは気後れしそうになるが、懸命に足を動かし魔物の攻撃を躱しながら回復魔法を展開していく。

数分もすると低ランクの魔物は屠られ、残すは目の前の黒獅子のみとなった。浅いとはいえ黒獅子は全身に無数の傷をつけられ、満身創痍だ。だがそれはリーンハルトとアーサーも同じで、ふたりとも肩で息をしていた。

そんなとき、周囲を警戒していたステラは叫んだ。

「新しい魔物がまた生まれそうです！　核からさっきより濃い瘴気が出てる！」

時間をかけすぎたのだ。核の活性化が進み、瘴気が溜まりやすい部屋の角で大きな魔物が生み出されようとしていた。クラウディアの力はもう頼れない。

「アーサーさん、先に核を頼む！　俺が黒獅子を引き付ける」

「ハル君、僕がその役をもらって良いのかな？」

「あぁ、勇者の名に相応しい役だろう？」

「はは、ありがたい。すぐに戻る」

アーサーは迷わず黒獅子に背を向けて走り出した。

追いかけようと、黒獅子が意識をアーサー向けた隙にリーンハルトが尾を掴み引き留めた。

「行かせない——ステラ！」

リーンハルトが尾を両手で引っ張り、捻った。

「分かった、《氷槍《アイスランス》》」

黒獅子が一瞬だけ動きを止めたタイミングを狙って、ステラは脳天に大きな氷の槍を落とした。

しかし黒獅子は絶命することなく、氷の槍が刺さっても立ったままでいる。頑丈にもほどがある——と文句を言いたくなる。

「ガルルルルゥ」

「——っ！」

焦点の合ってない怒り狂った様子の黒獅子の目がステラに向けられる。ゾクリと背筋に冷たいものが走った。

「勝負に出る。ステラ、そばで俺に回復魔法をかけ続けてくれ！」

黒獅子の赤い瞳を遮るように、見慣れた青い髪が視界に入った。

「な、何を——」

「絶対にステラに怪我はさせないから、俺を信じて」

リーンハルトの言葉の真意を理解する前に、それは始まった。

「《水波《アクアウェーブ》》《氷結《フリージング》》——ぐっ！」

「ハル⁉」

竜巻の魔法で黒獅子の足下をすくいバランスを崩した瞬間に、リーンハルトは獣化した腕で轡《くつわ》をするように黒獅子の口を抱え込んだ。そして自らの足と黒獅子の足を凍らせ地面に固定した。

動きを封じられた黒獅子は、リーンハルトを振り払おうと首を激しく動かしてもがく。

リーンハルトは爪を深く突き立て、獣化した腕の力で必死に押さえ込もうと抵抗する。強靭な肉体を持つ彼でなければ、体が引きちぎられてもおかしくはない。それほどまでの衝撃と痛みに彼は耐える。

黒獅子は追い詰められると咆哮する。黒獅子の咆哮を受けると体は動かなくなり、誰も戦えなくなってしまうとパーティは壊滅する。援軍が望めない今、使わせるわけにはいかなかった。

標的をクラウディデアたちに移されても厄介だ。

口元を締め上げられ、黒獅子の怒りは増していく。片足が氷魔法を砕き、自由になった鋭く黒い爪がリーンハルトに迫る。

「《風撃《ウインドインパルス》》」

風の魔法で前足の軌道をずらすが、黒獅子の爪は彼の腕を掠めた。赤い鮮血が飛ぶ。

「《回復《ヒール》》！」

ステラはリーンハルトの背後で絶え間なく回復魔法を展開する。彼が傷ついていく姿を直視するのは辛い。

しかし彼の作戦を理解しているからこそ、下手に攻撃魔法で援護して黒獅子を刺激するわけにはいかなかった。致命傷を与えられるような魔法は、ステラの腕前では彼をも巻き込んでしまう。

守りたくても水盾では黒獅子の攻撃に耐えられないし、何より回復魔法を途切れさせてしまってはいけない。見守ることしかできないステラは堪らず叫んだ。

「ハルッ」

「大、丈夫」

ここで目を逸らしたら、彼の体を張った作戦が無駄になる。歯を食いしばり、待つ。たった数秒が永遠に感じられてしまう。

そのとき、パリンと甲高い音が部屋に響いた。

転移門の方を見れば、核が砂利のように細かく砕け散っていた。アーサーが核の破壊に成功したのだ。

「君は、随分と無茶をするんだな！」

「なら早く助けてくれ」

リーンハルトは足を固定していた氷の魔法を解いた。さらに腕の獣化を進め、力を振り絞るように黒獅子を捻って持ち上げると、上体を反らして脳天から床に叩きつけた。

黒獅子は腹を見せるようにひっくり返る。

「切るんだ！」

「了解」

黒獅子から飛び退いたリーンハルトと入れ替わるように、アーサーが上方へと跳躍する。彼の持つ青白く光る剣の眩しさが増した。

そして黒獅子が起き上がる前に一筋の光が首へと放たれ、体から頭が切り離される。黒獅子の赤い瞳から光が消え、尾はぱたりと地面に落ちた。

しばしの静寂のあと、アーサーが剣を杖のようにして体を支えながらニカッと笑った。

「ふぅ、ダンジョン踏破は成功だね」

「さすがアーサーたんなの！　今日はカッコイイなの！」

「アーサーたん最高だよぉ！　やっぱりイーグルのリーダーはこうでなくっちゃねぇ♪」

「おぇ」

双子姫が身体強化の魔法を使ったままの勢いでアーサーに飛びついた。もう力が入らない彼は押し倒され、双子姫の下敷きになってしまった。「死ぬ……」と言って目を回している。

アーサーが途中で倒れていたら成功しなかっただろう。彼の体力や魔力の消耗ぶりを見るに、本当にギリギリの戦いだったことが分かる。

「まさに聖剣を持つ勇者だな。亜人並みの身体能力もそうだし、一太刀で首を落とす剣の実力は本物だな……」

「確かにそうかもしれないけど、ハルは無茶しすぎ！　どれだけ心配したと思っているの!?」

ステラはリーンハルトに飛びついた。

「勝算はあったし、ステラの力を信じていたから」

リーンハルトは難なく受け止め、しっかりとステラを抱きしめ返した。

彼から伝わってくる温もりに、生きている喜びが湧いてくる。

「本当に大怪我しなくて良かった。治せると分かっている怪我でも、勝算があると知っていても、ハルが傷つくところは見てて辛いよ」

今日だけで二回も彼を失う恐怖を感じた。

「本当にすまない」

「命を大切にしない戦い方は駄目だって言っていたのはハルの方でしょ！　ハルがそれを破ってどうするのよ。私に心配をかけたくないって言ってたと思うんだけど、嘘つきなの？」

無事で嬉しいはずなのに、同時に怒りも湧いてきた。無茶をしたというのに、まだ彼の体力には余裕がありそうなところがまた憎らしい。心配した気持ちを返せと文句も言いたくなる。

痛いところを突かれたリーンハルトは、さらにステラの体をぎゅーっと強く抱きしめて「すまない」と言葉を繰り返した。

次第に彼の声が弱々しくなり、ステラの怒りも静まっていく。「今度したら許さないから」と念を押して体を離した。ずっとこうしている場合ではない。

「そういえば、ギデオン様は……」

「ここにはもう俺たちの気配しかないな。核を置くためには、ここに本人か仲間が必ず立ち寄ったはずなのだが」

周囲を見渡すがこの部屋には通路以外に出入りできる扉もなく、隠れる場所はない。すれ違ってもいないし、魔物がひしめく疑似ダンジョンに留まって身を潜めているとは思えない。逃亡に使うとすれば――

「クラウディア、転移門を調べても良い？」

「もちろんでございます。ステラ様は転移門のことについて詳しいのですか？」

「ちょこっとだけね。リンデール王国で聖女は非常時に単独で使用することができたから、色々教えてもらっていたの」

ステラは転移門が設置されている祭壇にのぼり、手で表面を撫でていく。

地下シェルターに設置されている転移門は、リンデール王国で使用されていたものとほぼ同型だった。祭壇に円状の魔法陣が描かれ、手前には起動装置の水晶が埋め込まれている。魔力を通すことで起動するため、使用するには魔法が使えることが条件だ。

その上に石でできたアーチが設置されており、転移先を指定する魔法陣が刻まれている。

「どこも魔物に壊されていないから、対になる転移門も無事なら飛べるよ。クラウディア、どこに繋がっているか知ってる？」

「いいえ。最適な場所を調査中とだけ、報告を受けておりましたわ」

「転移しない限り分からないんだね……どうしたい？」

転移先は分からないし、そこにギデオンがいるとも限らない。あるいは罠が張られ、敵が待ち構えている可能性もある。クラウディアの体力ももう限界が近く、一度地上に戻って神官や聖騎士に任せる選択もあるのだが――

「転移できるのなら行きたいですわ。わたくしは足掻きたいのです！　この事件の結末をこの目で見届けるまで引けません」

クラウディアは迷うことなく追いかけることを選んだ。オレンジ色が強いアンバーの瞳からは強い意志が感じられ、もう悲観するだけの無力な少女はいなかった。

その少女の手を取り、ルッツは彼女の隣に立った。

「僕もお供させてください。どこまでもおそばにいたいのです」

「ルッツ……ステラ様、わたくしからもお願いいたします。一緒に連れて行ってください」

「分かった。ハル、良いよね？」

「もちろん。ギデオン殿には貸しがあるからな。逃しはしない」

四人は頷き合い、ギデオンの行方の手がかりを探ることにした。

ステラは魔力ポーションをクラウディアに渡した。

「これを飲んで。魔力が回復すれば、少しは体も楽になるはずだから」

「ありがとうございます」

飲みなれない味にクラウディアは顔を顰めるが、一気に飲み干した。この先何があるか分からない。念には念を入れて備える。

ちなみに双子姫は他の部屋や通路に残っている魔物の残党から動けないアーサーを守りつつ、後方に残してきたフランたちを待つことになった。

転移する四人ともが転移門の前に立ったことを確認し、ステラは水晶に手をかざした。

「お願い。起動して」

水晶に魔力を流し始めると魔法陣が光りだす。様々な淡い色に変化しながらアーチに掘られた魔法陣も輝きだす。アーチの中に光の壁が出来上がった。この光の壁の向こうが転移先だ。

「大丈夫。対になる転移門は壊れてない。行けるよ」

「俺が先に行く。数秒後に来てくれ」

リーンハルトが先にアーチをくぐると、残りの三人も一斉に飛び込んだ。閃光のような明るさに反射的に目を閉じる。体がふわりと浮いたのは一瞬で、すぐに光が収まり足は地に着いた。

瞼を開けると、窓のない部屋に辿りついていた。そして血の腐ったような香りが鼻につく。

「これは――」

「研究所だろうな」

先に着いていたリーンハルトが光の魔法を強め、部屋全体を照らした。広い部屋には血の付いた大量のガラス瓶が床に転がっていて、そのうちいくつかは中身が入ったまま。棚には小さな黒い石が並べられ、ダンジョンの核になり損ねた石だと分かる。

ステラがガラス瓶をひとつ拾いあげて確認したところ、中には魔物の心臓が入っていた。部屋の隅には氷系魔法と思われる魔法陣が設置されていることから、魔物の心臓を氷漬けにして保存していたのだろう。

「ステラ様……その瓶から瘴気がでておりますわ」

クラウディアが神の目でじっと瓶を見つめた。

「やっぱりここが核を作っていた研究所なんだね。なら地下シェルターに核を設置したあと、転移門を使ってここから逃げたのは間違いないね。部屋から出よう」

研究室の扉を開くと上へと続く階段が出てくる。上った先は、森の中にある聖騎士の駐在所だった。

「誰だ、お前たちは！」

留守番をしていた聖騎士ふたりは、突然地下室から出てきたステラたちに驚き剣を抜いた。

聖騎士も犯人の仲間か――とステラたちは警戒し構えるが、聖騎士はクラウディアとルッツの姿を見た瞬間に膝をついた。一般の神官とは違い、聖騎士は聖女の容姿をきちんと知っていた。

「聖女様、大変申し訳ございません。どうして地下から……入るにはこの部屋を通らなければならないはずですが」

「転移門で来ましたの」

「転移門!?　どうして駐在所の地下に？」

聖騎士の動揺する様子を見ると、本当に知らなかったようだ。話を聞くと地下は限られた神官以外は出入りできない、貴重な神具の隠し場所と教えられていたらしい。聖騎士であっても、入室が許されないほどの徹底ぶりだ。

聖騎士は重要な神具を守る役割を誇りに思い、同じ神殿の人間だとしても、隠し部屋のことは聖騎士以外に話すことはなかった。もちろん関わる人間が少ないクラウディアには、ギデオンが秘密にしている限り伝わることはなく、今日までうまく隠せていたのだろう。

しかも駐在所にある通信機器にも細工がされており、彼らには神殿での出来事が伝わっていなかった。聖騎士は事情を知りたがったが、一から説明している余裕はない。

「詳しいことは通信機器を直し、神殿にお聞きなさい。それで、隠し部屋を出入りした者はいなかったかしら——ギデオンとか」

「はい。数刻前にギデオン様と五名の神官が神具の確認のため入室し、三十分ほど前に西の森の奥へ向けて馬で出ていかれました」

「そうですか。馬は残っておりますか？」

「外に五頭残っております」

そう言われて建物から出たが、繋ぎ場に馬は一頭も残されていなかった。

「そんな、予備だけでなく私たちの馬までいないだと⁉」

ギデオンらが連れ去ったか、逃したに違いない。

追いかける手段まで奪われ、クラウディアはキュッと唇を硬く結んだ。

「ギデオン……どこまであなたは……っ」

「じゃあ俺に乗れば良い」

リーンハルトは背を向けて建物から離れると、大きく息を吸い、ゆっくりと吐きだした。彼の体から淡い光が溢れ出し、肌には鱗が濃く浮かび、口元からは牙が覗いた。パッと光が強く弾けた瞬間、青きドラゴンが現前していた。

「これが、伝説のドラゴンのお姿……」

クラウディアは瞳が零れそうなほど目を丸くした。隣にいるルッツも同じだ。

リーンハルトが竜人だと知らなかった聖騎士は、現実を受け止められない表情をしている。

「ハルに乗れば追いつけるかも。でも三人も乗せられるの？」

「さすがに三人は危ない。だがルッツがイタチの姿になり、ステラがクラウディアを落とさないように抱えて乗ればなんとか飛べるだろう」

「分かった！」

リーンハルトが体を伏せて体勢を低くする。ステラは跨ぐように飛び乗り、クラウディアたちに手を伸ばした。

「急いで！」

慌ててルッツがイタチの姿に獣化し、クラウディアの肩に乗る。そのはずみで彼女もハッとして、ステラに手を伸ばした。

ステラがクラウディアの腹に右手を回し、左手で手綱を持ったときには、すでに地上から遥か上空へと飛び立っていた。

「ぁ……はっ」

クラウディアの口から緊張の呼吸が漏れ出る。このように空に近づくことは初めてだろう。

「ゆっくり呼吸して私に背を預けて」

ステラは安心させるように、右手に力を入れてしっかりと抱きかかえた。

「クラウディア様、僕もいます。落ち着いてください」

ルッツも首に巻きつくようにギュッとくっつき、クラウディアの頬にすり寄った。

「ルッツ、くすぐったいわ。ステラ様もありがとうございます。こんなに高いとは」

「怖かったら下じゃなくて遠くを見て。私は真下を探すから、クラウディアは森の奥をお願い。ハルもいつもより優しく飛んで欲しいな」

「分かった。善処する」

リーンハルトが西に向かってゆっくりと飛行する。それでも地上で馬を走らせるより早い。

(思ったより森が深くて、木の葉が邪魔だわ。それなら馬もそれほどスピードは出せないはず)

目を凝らし、隈なく木々の隙間を探していく。

「あの川を越えたところに人影がおります！」

思ったよりも早くルッツが怪しい集団を見つけた。

クラウディアの体が強張ったのが、ステラの右手に伝わってきた。

「ルッツ君、ギデオン様や知っている顔はいそう？」

「僕の目でも遠すぎて顔までは……リーンハルト様はお見えになりますか？」

「いや、俺でも分からない。近づくぞ」

外套を羽織った人間が六名、川の浅瀬を越えて西に馬を走らせていた。

リーンハルトは相手に気付かれないよう高度を上げて、集団を追い越し前方に回り込んだ。

「見つけた。ギデオン殿だ」

「……お願いです。捕まえてください。あの人を止めたいのです」

強張った声でクラウディアは懇願した。

「分かった。だが、ここは木が多くてドラゴンの姿では降りられない。ステラ、先に行けるか？

すぐに追いかける」

「任せて。ルッツ君、人の姿に戻って私の代わりにクラウディアを支えてあげて」

ステラはクラウディアに手綱を握らせ、ルッツに彼女を任せて飛び降りた。

「ステラ様、何を――」

「《水盾《アクアシールド》》」

頭上から聞こえてくるルッツの戸惑う声を遮るように手で耳を塞ぎ、風船の中に入り込むように水の膜で自分を包み込んだ。

「――っ」

そのタイミングを狙い、リーンハルトが馬を走らせる集団に向かって咆哮を放った。

弾けるような振動が大気を揺すり、馬も人も動くことを強制的に止められ地面に転がった。

ステラの水の盾も割れてしまったが十分に守りの役割は果たし、体は動かすことができた。着地の直前に水でクッションを作り、地面に横たわるギデオンたちの前に難なく着地してみせた。

「逃がしませんよ」

「なっ⁉　どうやってここまで……チッ、どこまでも計画の邪魔を――」

落馬の衝撃で咆哮の効果が消え、ギデオンたちが立ち上がる。彼らは剣を抜き、ステラに向かって構えた。

「手荒なことはしたくありません。どうか抵抗しないでください――《水矢《アクアアロー》》」

ステラは対人での戦いが得意ではない。引いて欲しいと願い、威嚇用に魔法を展開した。

だがギデオンたちは引くどころか、攻めるタイミングを窺うよう足を一歩前へと出してきた。

両者が睨み合っていると、ギデオンの視線がステラの背後へと移った。

「ギデオン、あなたの企みもここまでですわ」

クラウディアがリーンハルトとルッツを伴い、姿を現した。

「まさか、クラウディア様自身が来られるとは想定外ですよ。しかし、ダンジョンを放っておいてこのようなところにいて宜しいのですか？」

「あなたの陰謀は失敗に終わりました。リーンハルト様はこのように無事で、ルッツがステラ様を害することもありませんでしたわ。そして疑似ダンジョン化した地下シェルターの核はすでに破壊され、街に被害はひとつも出ておりません」

「――は？」

ギデオンは驚愕し、顔色を変えた。

「疑似とはいえ作り上げたのは凶悪なダンジョン。多くの魔物が生まれ、聖騎士なしで対応はできないはず……地形的状況を考えればドラゴンの力だって使えず、リーンハルト様とステラ様のおふたりでも踏破は無理な話……嘘はよくありませんよ」

「幸運にも、神がわたくしに勇者とその仲間の助力を与えてくださったのです。地下シェルターの転移門前に足を運び、黒獅子が倒され、核が砕かれる瞬間をこの目できちんと見届けましたわ」

「ダンジョン内に聖女のクラウディア様が自ら出向いたと？　無力なあなたが？」

「ええ。無力だとしても、わたくしが何もせずにはいられない性質《たち》だと、ギデオンはよく知っているでしょう？」

クラウディアの毅然とした態度に、言葉が真実だと気付いたギデオンはわずかに安堵の表情を浮かべたように見えた。それも見間違いかと思うほど一瞬で、すぐに表情は険しくなっていく。

「あなた様が生まれる前から計画していたというのに……こんなにも、あっけなく砕かれるとは。こうなったら仕方ありませんね」

ギデオンは寂しそうな笑みを浮かべると、ポケットから黒い液体が入った瓶を取り出し、一気に飲み干した。彼に倣うように、残りの者たちも黒い液体を飲んだ。

ステラの背後から、クラウディアの小さな悲鳴が聞こえた。

「クラウディア？」

「ステラ様、あの黒い瓶から瘴気が漏れ出ております」

「瘴気⁉」

確かめるようにギデオンに視線を投げかければ、彼は開き直ったような微笑みを浮かべていた。

「実験に失敗はつきものです。これは核のなりそこないの石を砕き、液体に混ぜた物です」

「どうしてそんなものを飲んだのですか？　そんなことをしたら魔力が……」

核には瘴気が含まれ、魔力を乱す。核を体内に入れれば、どんな副作用が出るか分からない。

「ええ、魔力は暴走するでしょうね。それが狙いですから。この液体は直接体内に入れることで魔力を暴走させ、本能的に抑え込んでいる魔力の放出量の枷を外す効果があるのです」

つまり、コントロールは失うが、本来の力以上の魔法が使えるということだ。

しかし魔力暴走が体に及ぼす悪影響は、リーンハルトや保護施設での動物を見れば、命にかかわるほど深刻だということは分かり切っているはずだ。

「下手をしたら死んでしまうのではありませんか？」

「ステラ様、これくらいの覚悟なくして革命は起こせませんよ」

そう言っている間にも、ギデオンたちは瘴気の影響を受けて姿を変えていった。瞳は赤くなり、肌は浅黒く変化していく。ギデオンの青い瞳も赤みを帯び、色白だった肌はすっかり黒くなってしまった。苦しいのか、全員が肩で息をし始めた。

(動物が魔物化しているのと同じだわ。もしかして、保護施設の動物は実験体だった⁉)

動物が魔物化するには、濃い瘴気の影響を受ける必要がある。だが研究所として利用されていた駐在所には常に聖騎士がいるため、動物が長時間その周囲に留まるはずはない。動物たちは黒い液体を飲まされ、故意に魔力暴走を引き起こされていたのだと察した。

弱っていた動物たちの姿を思い出し、ステラは奥歯を噛みしめた。

黒い液体の効果は速く、目の前のギデオンたちの姿はもう人型をした魔物だ。

「ギデオン、今からでもやめて！　死んでしまうわ」

クラウディアはそう叫ぶが、彼は残念がるように首を横に振った。

「相変わらず、クラウディア様は甘い。飲んだが最後、もう我々でも止められません。作戦が失敗したのですから、せめて憎き聖女を道ずれにするまで──《火矢《フレイムアロー》》」

ギデオンから攻撃魔法が放たれると、続くようにギデオンの仲間たちも魔法を打ち始めた。

「《氷壁《アイスウォール》》――クラウディアとルッツ君は下がって！」

「《風盾《ウインドシールド》》――くっ、一枚じゃだめか。《風壁《ウインドウォール》》」

ステラとリーンハルトがクラウディアとルッツを守るように、防御の魔法を展開する。

しかし七人もいる敵に対して、対抗できるのはステラとリーンハルトのふたりだけ。強化された攻撃魔法に、防御魔法はすぐに打ち砕かれてしまう。

幾重にも魔法を重ねて守りを厚くするが、ふたりの魔力は疑似ダンジョンで消耗していた。特にステラの魔力は少なく、その顔に苦渋の色が浮かんだ。

「ステラ様は聖女の責務から逃げたというのに、聖女という存在に失望していたというのに……どうして庇うのか⁉」

攻撃の手を緩めることなく、ギデオンはステラに問うた。

「確かに、私は望んだ聖女の姿にはなれませんでした。でもクラウディアは違う！　平和のために懸命に駆け回り、理想の姿を諦めていない。希望の灯が消えない限り、私はクラウディアという聖女を守りたい！」

「聖女の立場を辞してもなお、心は聖女のままだと言うのか！　忌々しい聖女め。お前もエムメルスの聖女と共に消えてしまいなさい！」

「――っ」

攻撃魔法の威力がぐっと増した。このまま防戦を続けていては分が悪い。しかし攻めに転じたくても、絶え間なく放たれる魔法に隙がない。捨て身ほど怖い攻撃はない。

どうしたら良いの——そう思ったとき、ギデオンが胸を押さえた。

「か、はっ」

ギデオンの口から、大量の血液が流れだしたのだ。

魔力暴走は強靭な肉体を持つ竜人リーンハルトさえも苦しめる。単なる人間が長く持つわけもなく、もう限界を迎えてしまったのだ。

「ギデオン様をお守りするのだ！」

仲間たちがギデオンを庇うように集まり囲むが、彼らの表情も苦渋に満ちており、立っているのが精一杯の様子だ。

「ギデオンもみんなも死んじゃ駄目ですわ！　今すぐ魔法を止めて、体を休めて！」

「魔法を止めたところで魔力暴走は止まりませんよ……クラウディア様、いい加減現実を——げほっ」

ついにギデオンは膝から崩れ落ち、胸を押さえて横たわってしまった。

「そんな……何か方法があるはずですわ！　何か、何かヒントは——」

「ねぇ、クラウディア。また神聖力使える？」

「ポーションを飲んだので、あと一度だけなら。ステラ様、何か思いついたのですか⁉」

「私が魔法で生み出した水に、神聖力を込めて欲しいの」

保護施設の動物たちの体内に残っていた瘴気は、クラウディアが加護を与えた水『聖水』で浄化したと言っていた。彼らが動物たちと同じ症状であれば、十分に治せる可能性がある。

　問題はどうやって飲ますかだ。ギデオンたちはすでに死を覚悟しているため、頼んだところで素直に応じないだろう。

「ハル、一瞬でも良いの。相手の魔法を止める方法はないかな？」

「咆哮を使いたいが、自分で張っている魔法の壁が邪魔だ。しかし相手の攻撃魔法が止まない限り、俺も防御の魔法を解けない」

「一瞬で良いのなら、僕がやります！」

　イタチ族も咆哮が使える種族。リーンハルトほどの威力はないが、人の動きを止めることはできるらしい。ルッツは再び獣化して小さなイタチの姿になると、ステラの手の上に乗った。

「風壁を超えるように、僕をギデオンたちに向かってに放り投げてください。壁を越えた瞬間、使います」

「──分かったわ」

　チャンスは一度きりで時間もない。

「いくよ！」

　敵の魔法に巻き込まれないよう、ステラは身体強化の魔法を使って、できるだけ上空へとルッツを放り投げた。

「──っ！」

　ルッツは空中で人の姿になると、力いっぱいの咆哮を放った。その瞬間攻撃の魔法が止まった。

ステラたちはリーンハルトの風壁に守られているため、影響はない。

リーンハルトが魔法を解除した瞬間、ステラはクラウディアを脇に抱えて前に飛び出した。

「《水　壁《アクアウォール》》《水　球《アクアキューブ》》」

一か所に集まっていたギデオンたちを水の壁で囲み、壁の中を大量の水で満たした。

「クラウディア、今よ！」

「はい――エムメルス神よ、詠唱を略すことをお許しください。聖なる力よ、救いたまえ！」

クラウディアが水壁に手を当て、全力で神聖力を注ぎ込んだ。無色だった水が、金色に輝きだす。

ギデオンらは溺れ、空気を欲するように聖水を飲んでいく。すると瞳の赤みは消え、肌の色も元に戻っていった。

「瘴気が消えましたわ！　でも魔力が暴走したままですわ」

「任せて！　《癒しの水《キュアアクア》》、《回復《ヒール》》」

ステラは水の魔法を解除し、すぐにギデオンたちを治療した。溺れたせいで止まっていた呼吸の再開を確認し、一命をとりとめることができ安堵した。

体にかかった負担が大きかったためか、全員気を失ったままだ。

「……敵を助けられたことを喜んではいけないのかもしれませんが、ステラ様、リーンハルト様、ルッツ……協力してくださり、本当にありがとうございます」

クラウディアはギデオンを父親のように慕っていたのだ。それに彼女は人の命を誰よりも尊ぶ聖女。悪い人だと分かっていても、簡単に気持ちを切り替えるのは難しい。

「私はギデオン様ではなく、クラウディアを助けたいと思ったから動いただけ」

敵対する者の救助に協力させたことで、罪悪感を抱いているであろうクラウディアにそう言うと、彼女は歯を食いしばり、瞳から雫が落ちないよう天を見上げた。

「帰りましょう。神殿に」

「うん。みんなが待っている」

ステラはただ黙ってクラウディアの肩を抱き寄せることしかできなかった。


早く神殿に無事を知らせるためにも転移門で戻ることにし、駐在所の隠し部屋を目指した。意識のないギデオンたちは氷魔法で作ったソリに乗せ、馬に引かせて運ぶ。

沈黙を保ったまま駐在所に着くと、多くの聖騎士が集まっていた。全員が心配の色を顔に浮かべていた。彼らはクラウディアの姿を認めると、整列し敬礼した。

「聖女様がご無事で何よりです。我々は今回の件について、何が真実か判断しかねております。聖女様のお口からお聞かせ願いませんか？」

先頭に立つ聖騎士の団長が、眠ったままのギデオンたちにチラリと視線を向けた。通信で報告を受けた聖騎士だったが、彼らにとってギデオンは聖女の代弁者だ。にわかに信じられないのだろう。

「そうですわね……何から話したら良いのかしら」

クラウディアは言葉をゆっくりと選ぶ。ギデオンが聖女への私怨を晴らすために、地下シェルターと偽って疑似ダンジョンを作り上げたこと、核を作るために聖騎士まで騙して魔物の心臓を集めさせていたことなどを明かした。

「知らなかったとはいえ、我々は陰謀の片棒を担いでいたというのか⁉」

「もし国外の冒険者がいなければ今頃首都は……」

聖騎士たちは事件の重さを知り、言葉を失った。

魔物と対峙するときはいつだって命を賭けなければいけない。聖騎士たちはエムメルスを守るために剣を掲げていたというのに、自分たちの行為が危険を招いていたことを受け止めきれずにいる。

（やるせないに違いない。でも彼らの正義は間違ってない。だってこんなにも国を想い、悔しむ気持ちが伝わってくるんだもん……けれど、このままでは心が折れてしまう）

ステラはクラウディアの耳元でそっと囁いた。

「聖騎士たちに、何か声をかけてあげてください」

「でも何を言ったら良いのか……」

クラウディアは俯き、地面を睨んだ。

「最適な言葉を見つけられないのです……ステラ様がわたくしに自信をくれたような、人を鼓舞する言葉が分からないのです。ステラ様なら、どんな言葉をかけますか？」

前と同じだった。諦めの言葉とは裏腹に悔しさが滲む彼女の声色は、聖女として役目を果たしたいという思いが強い証拠だ。作られた拳も小さく震えている。

「クラウディア様、私の言葉では意味がありません」

「どうして――」

「だって私、聖女じゃありませんから」

クラウディアは弾けたように顔をあげた。

ステラは柔らかく微笑み、クラウディアの背中をそっと押した。

「彼らの聖女はクラウディア様、あなた様です。難しい言葉はいりません。以前私に語ってくれた聖騎士への思いを、あなた様の言葉でそのまま素直に伝えれば良いのです。私が敬愛するクラウディア様ならできると信じております」

「素直な気持ち……」

恐る恐るクラウディアは聖騎士たちを見渡した。誰もが彼女の言葉を待っていた。

「――わ、わたくしは聖騎士の皆さまの頑張りを知っているつもりです。この国のために、平和のために、大切な人々のためにいつも訓練を怠らず、魔物の脅威から守ってくださっているわ。それがどれだけ大変なことか、知らぬほどもう幼くはありません。わたくしの聖騎士への信頼と敬意は、今回の件で揺るぐことはありませんわ」

クラウディアは一度言葉を区切り、膝をついて胸の前で手を組んだ。

聖騎士たちが息を飲んだ音が聞こえた。

「聖騎士に最大の感謝を。どうかこれからもエムメルス神聖国を守るために、わたくしに力をお貸しください。お願いいたします」

「聖女様――」

ガシャンと鎧がぶつかる大きな音を立てながら聖騎士たちは膝をつき、手を組んで深々と頭を垂れた。

「我々こそ、聖女様の日頃の祈りと加護に助けられております。これからもどうか我々の忠誠をお受け取りくださいませ」

「――ありがとう。皆さまの忠誠に相応しい聖女になるために、わたくしはもっと精進することをお約束いたしますわ」

そこには、少しだけ自信を取り戻した小さな聖女の姿があった。

研究室として使われていた駐在所の隠し部屋は大切な証拠だ。信用している聖騎士に隠し部屋の保護とギデオンら一行の護送を任せ、神官長にことの顛末を報告すべくステラとリーンハルト、クラウディアにルッツは転移門を使って地下シェルターへと戻った。

転移先では黒牛を無事に倒したマイク、ゲイル、フランも合流していた。怪我は負ったが、双子姫の回復魔法ですっかり快癒したらしい。

まだ余裕が残っていたため、他の通路に残っていた魔物を倒していたというのだから驚きだ。

「やっぱり、魔物の多発地域ユルルクのSランクパーティは規格外ですね」

そうステラは呟きながら、イーグルと邂逅できた幸運に感謝した。

全員で進んできた道を戻っていく。転移門の前まで来るのに一時間弱かかった道程も、魔物がいなければ十分程で出入口が見えてくる。

地下シェルターの出口に近づくと、リーンハルトが外に大勢の人の気配があることに気付いた。念のため警戒し外へ出た。

するとその瞬間、歓声が上がった。

「全員ご無事だぞ。やはり成功なさったんだ」

「始祖の伝説と同じだ。神は私たちを救ってくださった！」

「聖女様ぁ！」

出口の外には神官や修道女など、大勢の神殿関係者が集まっていた。皆の手にはそれぞれ武器になりそうな物が握られていた。

「クラウディア様、お戻りをお待ちしておりました」

波のように人垣が割れ、神官長がクラウディアの前に歩いてきた。たった数時間しか経ってないというのに、彼の顔は誰よりも疲労の色が濃かった。彼もまた、別の戦いに奮闘していたのだと分かる。

「皆様はどうして……ここは危険な場所でしたのに」

「ここだけではありません。大聖堂前の広場にも多くの冒険者や、腕に覚えのある民が押し寄せております。ギルドでのクラウディア様たちのやり取りを聞いて、街でいつも人助けしていた少女が聖女だと気付いたようです。齢十五ほどの聖女が国を守るために命を懸けて危険に飛び込んだというのに、自分たちが何もしないのは——と、あなた様の助けになりたいと集まってきたのです。こちらは避難を呼びかけたというのに」

神官長は「無駄でしたが」と、苦笑してみせた。

「わたくしのため？」

「ええ、聖女様の勇気が多くの者の心を掴み、動かしたのでしょう。あなた様は無力ではありません。クラウディア様は民から愛されているのです」

クラウディアの小さな手を、神官長はそっと両手で包み込んだ。

「責任は私にあります。どうかこの度の件で自信を失わないでくださいませ。あなた様のそばには多くの民が心を寄せていることをお忘れにならないでください」

鮮やかなアンバーの瞳から大粒の雫が零れ落ちていく。

「うん。ありがとう……ありがとう……っ」

緊張の糸が切れたのか、これまで我慢していた分の涙が止めどなく溢れ出していく。

少し離れたところでステラも胸の奥を熱くしていた。

「ハル、クラウディアは優しい聖女として、人々にもっと愛されるようになるね」

「そうだな。神の目や神聖力よりも、彼女の素直さが民の心を惹きつけるようだ」

導く者ならば強くあれ——弱いところを見せれば求心力が下がるため、人前で涙を流すことがあってはならない。一般的に、頂点に立つ者は強者であることを求められる。

けれどもクラウディアの涙は、決して彼女の評価を下げるものには見えなかった。

周囲に集まっていた神殿の関係者も目に涙を浮かべ、強い決意を宿していた。

（クラウディアを支えてあげたいと、みんなが思っているに違いない。誰よりも民を思いやり、その身を捧げる勇気を見せられたら、彼女を慕わずにはいられないもの。そして民の気持ちを知った今、クラウディアはもっと強くなるなるはず）

ステラたちが見守る中、クラウディアは目元をこするように袖で涙を拭った。目元は真っ赤だった。けれど表情は凛としていて、すでに前を向いていた。

「大聖堂前に集まる皆さまのところへ行きましょう。わたくしが姿を見せれば、危機が去ったと安心するでしょう」

そう述べたクラウディアは、この国の象徴として君臨する聖女として申し分ない姿で――彼女は神官長とエムメルス神聖国の危機を救うのに貢献したパーティの代表アーサーを伴い、広場に集まっていた民を見渡せる大聖堂の入口に立った。

民は、偉大な聖女が小柄な少女だと知って驚いたのだろう。わずかにざわめきが起こるが、クラウディアが口を開けば、その透き通った声が紡ぐ生きた言葉に耳を傾けた。

「このエムメルス神聖国に訪れた危機に、わたくしたちの神は手を差し伸べてくださりました。伝説は現代に蘇りました。事件を未然に防ぐこともできず、戦う力も持たないわたくしの前には闇を切り裂く勇者、魔を阻む黒い魔法使いに癒しの白い魔法使いが現れ、憂いは去りました」

クラウディアは胸の前で手を組み、民を見渡した。

「平和を心から願う姿を神は見ていたのです。平和のために立ち上がり、行動せんとする皆様の声が届いたのです。わたくしだけの力では無理だったでしょう。皆様のお気持ち、心より感謝いたします。だからどうか！　これからも、わたくしと共に平和のために歩んでくださいませ」

聖女は民と共にあり――そんな意味が込められたメッセージに、空に届きそうなほど大きな歓声が沸き起こった。

「《雪　花《スノーフラワー》》」

ステラは雪の魔法を打ち上げた。真っ白なぼたん雪が神殿を覆うように現れる。

隣にいたリーンハルトも、ステラの意図に気が付いて魔法を打ち上げた。

「《光　の　霧《シャイニングミスト》》」

天の川のように光が上空を覆い、照らされた雪は白く輝きだした。

イーグルのメンバーも続くように同じ魔法を展開し、神殿に光が降り注ぐ。輝く花びらのように雪が舞い降りる世界は幻想的で、クラウディアの清澄さを演出した。

「聖女に明るい未来が訪れますように――」

エムメルス神聖国を象徴する『白』でエールを送る。

何事も一生懸命に、民の平和を願うクラウディアの努力の蕾が花開いていく。実を結ぶのはそんなに遠い未来でないことを予感させた。

間章　聖女クラウディアの再起

　疑似ダンジョンの踏破から数日後、クラウディアは神官長とルッツを伴って薄暗い石造りの通路を歩いていた。

　今回の犯行にかかわっていたのはギデオンを含めて八名。全てギデオンに近い神官で構成され、首謀者であるギデオンの一族とは遠い血縁関係にあるらしい。『らしい』というのは、ギデオンを含め全員が孤児であるため、家系を辿れなかったのだ。真偽は不明のまま。

　それに全員がギデオンを崇拝している節があった。彼らの心を掴むほど、ギデオンの復讐への意志が強かったことが伝わってきた。

　どれだけの闇を抱えているのか――クラウディアは一歩が重く感じ、前に踏み出す足が震えそうになる。それでも、向き合うと決めた心を揺らすには至らず、彼女は鉄の扉を潜り目的の人物の前に立った。

「ギデオン、お久しぶりですわね」

　クラウディアは鉄格子の向こう側にいる、元専属の神官に穏やかな笑みを向けた。

　久しぶりというほど時間は経っていないが、毎日会っていた相手だ。数日顔を見なかっただけで、随分と長い間会っていなかったように感じられた。

　ギデオンは手足を縛られた状態で簡素な椅子に座っており、クラウディアの声を耳にして伏せていた顔をあげた。それでも視線が交わることはない。彼はクラウディアの足下へと視線を落としていた。

「聖女様が、このようなところに来るものではありませんよ」

「そんなこと言わないで。どうしてもお話ししたかったことがあったんですもの」

逮捕してから今日までギデオンの取り調べが行われ続けていたが、彼は沈黙を突き通していた。このままでは自白の魔法薬が用いられることになるだろう。そうなれば事実を知ることはできるが、副作用として感情を奪ってしまうことがある。

そうなる前に、クラウディアは直接ギデオンの本心に触れたいと思ったのだ。

「ギデオンの祖先について調べたんですの。特級秘匿資料には、一族の追放についてきちんと記録が残っていましたわ」

特級秘匿資料は聖女、聖人、神官長と代々管理している一族の数名のみが閲覧できる禁書のことだ。聖女付き神官だったギデオンすら手にできない物で、表に出せないエムメルス神聖国の記録が書かれている。

「資料によれば核を再現するための予備実験の悪影響で、不完全な核から生まれた魔物によって命を奪われた犠牲者の名前もありましたわ。それはご存知ですの？」

「実験に危険はつきものです。当然のことかと」

「不完全な核でも危険と知った当時の聖女は、当然と思ってませんわ。本物の核ができれば被害は甚大なものになると考え、実験の停止命令を出しております。実験を続けていたとしたら、初めに犠牲になるのはギデオンの一族……これこそ当然の判断ではございませんか？」

「何が言いたい……!?」

ギデオンの鋭く光った水色の瞳がクラウディアへと向けられた。

「核の実験が成功したとしても失敗したとしても、あなたの一族は汚名を被ることになっていた
――ということです。わたくしは資料から、当時の聖女は一族を守りたかったのだと、そう読み解きましたわ」

成功すればダンジョンを好きな場所に作れるということだ。もし実験の内容が外部に漏れれば、悪用される可能性が高い。秘密裏に敵国内にダンジョンを作り出し、街を破壊することで、優位に戦争を誘発することもできるだろう。核は最強で最悪の武器となる。そうすれば平和を掲げる国の立場を貶めたとして、エムメルス神聖国の民はギデオンの一族を忌み嫌うに違いない。

逆に出来上がった核の制御に失敗すれば、犠牲者は一族のみならず無関係な民へと広がってしまう。忌み嫌うだけでは留まらず憎しみを向けられ、結局は名誉も居場所も何もかも失うことになる。

どちらに転んでも、一族にとって何ひとつ良いことなどないのは明らか。

「すぐに切り捨てて見放したくせに、どうして一族のためだと思えるのでしょう？　自らの不実を隠すために、当時の聖女の主観で書かれた内容に価値があるとは思えませんがね？」

「実は先程話した実験の停止命令は、一度目のことなのです」

「一度目？」

「危険を察した聖女は、すぐ内密に実験の停止を命じたのです。そして他の研究をするようにとチャンスも与えていましたわ。しかし、一族は命令を無視して実験を続けようとしたのです」

クラウディアはギデオンにも見えるように、特級秘匿資料のとあるページを開いた。

資料を覗き込むギデオンは瞠目し、唇を震わせた。

「こちらに書かれている通りだとしたら、あなたの祖先は実験を続けるために神殿の外部に研究を持ち出し、協力者を探し始めました。これがどれだけ危険で神殿の信頼を裏切る行為か、当時であっても分からないはずはありません。聖女は協力者が名乗り出ないようにあえて実験内容を公表し、聖女の名のもと禁術に指定することで、実験を葬ろうとしたのです」

一族に手を貸した場合、この大陸でもっとも影響のあるエムメルス神聖国の聖女を敵に回すことになる。そのリスクを背負ってまで、一族に協力する国や組織はいない。それを確信した上での聖女の判断だった。

むしろここまでしなければ、一族の強行を止めることができなかったとも言える。

「ギデオンの一族が危険視され迫害を受けるようになったのは、研究内容が公表されてからのことです。当時の聖女の救いの手を拒絶し、裏切ったのは一族の方ですわ」

「そんな……そんなはずがない！　祖父の話では聖女が一方的に我が一族を……！」

クラウディアを睨むギデオンの瞳は、明らかに動揺の色を帯びていた。

何ごとにも落ち着き対処していた彼の、珍しく動揺する姿を前にクラウディアは投げかける。

「今回、ギデオンは疑似ダンジョンを聖女への復讐に使いましたね。街を破壊するために、民を傷付けるために、聖女を苦しめるために……核は、平和と対極に位置するものであるのは明白ですわ。今も、あなたは本当に実験が正しいと言い切れますか？」

研究者のギデオンたちすら転移門を使ってすぐに逃げ出すほど、核とは危険な物だ。

「本当にあなたの祖先は、平和目的のために研究をしていたのでしょうか？　どうして聖女の命令を無視してまで、実験を継続しようとしたのでしょうか？　核は厄災をもたらす兵器と知りつつ外部に持ち出そうと試みるなど、彼らは何を目的として研究をしていたのでしょうか？」

「それは……それは……」

「過去の記録と、おじい様の言葉。どちらの話を信じるかはお任せしますわ」

ギデオンは答えを探すように口を開いては閉じる。

しかし口から反論の言葉が出ることはなかった。

「嘘だと言いたいのに……祖父は実験は平和のためだと何度も言って、私に研究内容を熱心に教えてくれて……しかし実際に私も国に害を与える使い方しかできなくて……はは」

ギデオンは乾いた笑いを漏らし、天を仰いだ。

「一族の積年の恨みを晴らせと……神殿の目を醒まさせろと……何度も言っていた言葉は、祖父の妄信だったのでしょうか。だとしたら愚かなのは、一族と私だったのか——なんて滑稽な」

人生をかけた復讐が単なる逆恨みであり、一族の失墜が自業自得だったと知って悄然《しょうぜん》としない方が無理なことだ。

（おそらくギデオンは洗脳状態だったのだわ……実験の成功が、聖女の判断を否定することにな

るのだと、自分たちの正当性を示すのだと――不都合なことを隠され、幼い頃から教え込まれて）

ギデオンは沈鬱《ちんうつ》な面持ちでクラウディアを見上げた。瞳から一筋の涙が流れ、頬を伝っていく。

「一度、この命は救っていただきましたが……殺してください」

「ギデオン……」

「間違っているのは聖女であり、真の平和のためには実験を続けることが正しいという前提が崩れたのです。私は平和どころか、厄災を招いてしまいました。命を奪おうとしたのだから、命で償わせてください……どうか実験に執着し、私欲に溺れた罪人の血を葬ってください」

ギデオンは手足を縛られたままの状態で椅子から降り、膝を引きずるようにクラウディアが立つ鉄格子に近づくと、ゆっくりと頭《こうべ》を垂れた。

彼は貧しい子どもたちのために孤児院を増やす活動をしていた。子どもに教育を施し、将来性に投資してもらう形で寄付を集め、国の明るい未来を紡いでいた。

地下シェルターも疑似ダンジョンに利用されたが、建設のために生じた雇用は人を集め、街の経済を潤した。

転移門を人目の付かない場所ではなく、聖騎士の駐在所に設置した不可解な理由も説明できる。いざとなれば駐在所の転移門から疑似ダンジョンへと、聖騎士たちを転移させるためだ。当日聖騎士をわざと森へと誘導させたのも、知らせを聞いた彼らが転移門を使い、すぐに核の破壊ができるようにするためだろう。なんせ隠し部屋には鍵がかかっていなかったのだから。

（通信機器も壊されず、簡単に直せる程度の細工がされていただけ。綿密で完璧な犯行計画と見せかけて、随所に爪の甘さが残り、わざとらしい穴が見られたのは葛藤していた証拠だわ。何より不意打ちではなく、あえてわたくしに予告をするなんて、本当は止めて欲しかったのかもしれないわね）

復讐心の陰で平和を求める心が彼の中にあったことを、クラウディアは感じていた。

それがギデオン自身を責め、後悔の念で彼の心を押しつぶしてしまっていた。

「もう生きる意味を見いだせないのです。お願いいたします」

過去にこれだけギデオンが何かを懇願し、嘆願したことはあっただろうか。

クラウディアの記憶ではない。

父親のような存在だった故に大きく見えた肩が、今はとても細く弱々しく見えた。鉄格子を越えて手を伸ばし、クラウディアは彼の肩に優しく触れた。

「いくら請われても、わたくしはギデオンを殺すつもりはありません。あなたは懺悔の塔に入り、神への祈りに一生を捧げるのです」

懺悔の塔に入れば監視の下で、食事と睡眠以外の全時間を神への祈りに使わなければいけなくなる。娯楽も贅も排除された空間で一生を過ごさせる処罰だ。永遠に繰り返される神への懺悔に、人は自分の罪深さを突き付けられる。そして永遠に来ない『許される日』を待つのだ。

これを救いと思うか、厳罰と思うかは罪人次第。ギデオンは前者だったようだ。

「何故……国家転覆、反逆に不敬と私のしでかしたことを考えれば死刑も当然。もしクラウディア様が、私の境遇に同情したからという甘い考えのためならば、今すぐお捨てください」

「この処遇は、神官長や上位神官も同意の上の判断です。それに、ギデオンは聖女の三か条を覚えているかしら」

聖女の三か条では『神を信じる者には祝福を』『弱き者には仁慈を』『悔いる者には機会を』という志《こころざ》しが掲げられている。クラウディアの根底にある譲れない信条でもある。

「まさか例外なく、私にもそれを与えようとしているのですか？　このような事態になっても、そんな綺麗ごとを……」

「聖女教育をしてくれたのはギデオン、あなたですわ。幸いにもステラ様やリーンハルト様、イーグルの皆様のおかげで民に被害はありませんでした。これは神が機会を与えてくれたのです。わたくしには再起の機会を、ギデオンには贖罪の機会を」

「――っ」

「行いを悔いて平和を再び願ってくれるのなら、目を逸らさず見てくださいませ。あなたが育てた聖女がエムメルスを平和へと導く姿を。幸福に満ちた笑顔が民に広がる様を！」

力強い声が牢の中で響いた。

「立派になられましたね……」

ギデオンが床に額をつけるように深くゆっくりと頭を下げたことで、クラウディアの手から彼の肩が離れていった。温もりを失った手のひらを握り、彼女は立ち上がった。

「神官長、あとはお任せいたしますわ」

クラウディアは静かに響く嗚咽の音を背に、牢をあとにした。

帰り道はルッツとふたりだけだった。長い通路を歩いてしばらく、ルッツが沈黙を破った。

「クラウディア様、お使いください」

差し出されたハンカチを見て、自分の目から涙が流れていることに気が付いた。

「ごめんなさい。もう泣くつもりはなかったのだけれど」

「僕の前では強がる必要はありません。僕たちの仲でしょう？」

「否定できませんわね」

クラウディアは曖昧な笑みを浮かべてハンカチを受け取った。先日ステラが贈ってくれた物で、男の子でも使えそうな物を一枚ルッツにも分けていたのだ。

聖女付き従者であるために、ルッツもまたエムメルス神聖国の外に出る機会はない。家族のところへ帰ることもできるのに、彼はクラウディアを選んだ。それがとても嬉しくて、少しだけ申し訳ない。

ルッツはギデオンほど長い付き合いではないけれど、一日のほとんどを一緒に過ごす気心の知れた相手だ。数少ない甘えられる人物だからこそ、彼の前で感情を抑えることが難しい。

「もうギデオンがそばにいることはないのだと、今になって実感してしまいましたの。もっとわたくしが敏ければ、ギデオンが過ちを犯す前に救えたのではないかと、そう傲慢にも思えてしまって」

「クラウディア様……」

「ルッツも大変だったでしょう。何も知らない呑気なわたくしを守りつつ、ギデオンのことを探るのは。わたくしは自分のことばかりで、本当に周りが見えてませんでしたわ」

街を出歩き、世間を知った気になっていた。民にばかりに目を向け、神殿のことを、一番身近にいる人たちのことを置き去りにしていた。ではどうすれば良かったのか——この数日ずっと考えていた。

「聖女として、もっと多くの神殿の関係者やエムメルスの民と言葉を交わしたいわ。広くから意見を集め、様々な方向から物事を見れるようになり、他人頼みの自分はもうおしまいにしたいの。政治を行うのは神官の仕事だけれど、何も知らないままでいるのも嫌。わたくしは変わりたい」

ギデオンにあれだけの啖呵を切ったのだ。悲しんでばかりはいられない。

「今までよりも苦労をかけるかもしれないわ。それでもルッツにはそばにいて欲しいの。お願いできるかしら？」

そう問えば、ルッツはさも当然のように「もちろんです」と答えた。

クラウディアとの接見後、ギデオンは計画の一部始終を自白した。

計画に加担した仲間は実際にギデオンの一族の血縁者で、同じように親族から無念の話を聞かされて育った者たちだった。復讐のために、孤児院の前に捨てられたように装い、一族の直系であるギデオンに従うように教育されていた。彼らもまた懺悔の塔に収容されることが決定した。

こうして事件は急速に解決に向かい、再起への日々が始まった。

第六章　聖女の加護と勇者の誕生

疑似ダンジョンの事件から一週間後、大聖堂前で式典が行われた。聖女クラウディアの姿を一目見ようと多くの民が集まり、広場の外まで列をなしていた。

広場から階段を上った先の大聖堂の前では、聖女クラウディアとアーサーが向き合っていた。マントを羽織ったアーサーはクラウディアの前で跪き、両手を広げた。

それに応えるように、純白の式典用の衣装を纏ったクラウディアは、アーサーの手に『聖剣』を与えた。聖剣はアーサーの愛剣に神聖力を込め、加護を与えた物だ。

聖剣だけではない。今回の功績とアーサーの類《たぐい》まれなる強さと正義感から、彼に『勇者』の称号を与えることが宣言された。

アーサーは神の国から名実共に勇者と認められたのだ。

エムメルス神聖国が勇者と認定したことで、アーサーは関係諸国では貴族に準ずる権限を得ることとなった。

今回のような危機や緊急事態の際には騎士への指揮権、他貴族からの命令に対する拒否権、国境を超えるときの関税の免除などの特典が含まれている。もちろんアーサーが認めれば、イーグルの仲間も恩恵は受けられる。

エムメルス神聖国の建国の立役者である『勇者』の再来だと、民は熱狂した。

ステラとリーンハルトは、その光景を民に混ざって眺めていた。

それが一週間前のことだ。今ふたりは神殿の裏門で人を待っていた。

「お待たせしましたわ」

そこに来たのは見習い修道女の服を着たクラウディアとルッツ、護衛の聖騎士たちだった。

「ねぇクラウディア、本当に私たちが出国しても大丈夫？　まだ何か手伝うことがあれば、遠慮なく言ってくれて良いんだよ」

疑似ダンジョンの踏破にギデオンらの逮捕と、事件は解決したように見えて課題は山積みだ。地下シェルターと転移門の見直しに、神官たちの人員整理、次の聖女付き神官の選定などあげればキリがない。

今後のために国外での魔物やダンジョンの事情を知りたいと、この二週間でステラとリーンハルトが助言を求められることもあった。今更頼みごとがいくつか増えても何の問題はない。

しかしクラウディアは曖昧な笑みを浮かべた。

「これ以上おふたりの旅のお邪魔をするわけにはまいりませんわ。わたくしには支えてくれる多くの仲間がおりますし……何よりステラ様がいらっしゃったら、どうしても頼ってばかりになってしまいますから」

「そっか」

「ステラ様とリーンハルト様には、どう恩を返せば分からないくらいに感謝しております。本当に褒賞を受け取ってくださらないのですか?」

クラウディアは、ダンジョン踏破に見合った高額の報奨金をふたりに用意していた。

けれどもふたりは辞退した。地下シェルターが再び悪用されないように改修するための資金として、お金を使うよう進言したのだった。

「私たちは聖女の加護をもらえるだけで十分だよ」

「その通りだ。ステラの力や、ドラゴンについても色々と調べてもらったし、俺らはお金以上のことを受け取っている」

ドラゴン封じの魔法陣については、事件当日テーブルに積まれていた文献の中に記されていた。

魔力暴走は魔法陣が発動している間だけ起こるもので、肉体を傷付け死に至らしめるほどの魔法ではなかった。でも、それはドラゴンが対象の場合。

竜人であるリーンハルトは本物のドラゴンほど肉体が頑丈ではないため、強く効力が出てしまったらしい。

ドラゴンという存在がすでに幻と化していたため、文献はギデオンでも手にできる書庫に置かれていた。けれども今回の件を受けて、ドラゴンに関連する書物は見つかり次第、全て特級秘匿資料に指定することになった。

クラウディアは、自身が生きている間は悪用されないよう守ると約束してくれている。

「そういうことにしておきますわ——ルッツ、品を」

ルッツは抱えていた木箱をクラウディアの前に差し出した。かけられていた布を外すと、黄緑色の宝石ペリドットでできたリーンハルトのピアスと、レイモンドに贈る銀の懐中時計が姿を現した。

「ピアスにはおふたりの幸せを、懐中時計にはレイモンド様の幸せを願い、しっかりと神聖力をこめさせてもらいましたわ。受け取ってくださいませ」

「ありがとう」

懐中時計はしっかりとケースにしまい直され、ステラの手に渡る。

（レイ兄さん、喜んでくれると良いな）

ステラは義兄に渡すときのことを想像しながら箱の上から優しく撫で、空間魔法にしっかりと収納した。

ピアスはすぐにリーンハルトの耳につけられた。彼は指先で存在を確認しながら、黄水晶の瞳を細めて顔を緩ませている。

（この数日、耳にないのが落ち着かなくてソワソワしていたもんね。ふふ、可愛い）

それだけ彼がピアスを大切にしていることが伝わり、ステラは改めて贈って良かったと思った。

「どうした？」

「何でもないよ～」

見つめていた視線をパッとずらして誤魔化した。以前無意識に可愛いと言ったら、とんでもなく甘い言葉を返されてしまったことがあった。安易に口にしてはいけない。危険だ。

思い出したことで顔が赤くならないように必死に耐えていると、クラウディアがもじもじと顔の前で指先を擦り合わせ始めた。

「あの……ステラ様、宜しかったらもうひとつ受け取って欲しい物がございますの」

「なぁに？」

「どうかこれを、旅のお供に」

そう言って差し出されたのは乳白色の石にオレンジの飾り紐がつけられた、手のひらサイズのタッセル型のチャームだった。角度によって石から月の光のような輝きが浮かんだ。

「わぁ可愛い！　ありがとう」

「聖なる石と呼ばれるムーンストーンで作ったお守りです。こちらにももちろん加護を与えておりまして……その……」

また言葉を途切れさせ、クラウディアはそわそわと落ち着かない様子を見せた。

「どうかしたの？」

「実は……勝手ながらステラ様とお揃いで用意してしまったのですわ！」

オレンジのチャームを持つ逆の手からは、若葉色の飾り紐でできた色違いのチャームが出てきた。オレンジはクラウディアの瞳の色で、若葉色はステラの瞳の色だ。いわゆる恋人同士で持つような物を渡すことが恥ずかしかったのだろう。

けれどもステラは恥ずかしくなるどころか、嬉しさのあまり舞い上がった。

「お友達とお揃いって初めてなの！　嬉しいっ！」

「え!?　お友達ですの？」

「わっ、ごめん。私は勝手に友達と思ってたんだけど図々しかったかな」

「違います！　嬉しすぎて幻聴かと……生まれて初めてのお友達がステラ様だなんて、なんて素晴らしいのでしょう！」

クラウディアは「神よ、感謝いたします」と言って天に祈りを捧げ始めてしまった。

聖女という立場上、ステラだけでなく彼女もまた友人を作ることが難しかったらしい。

「ふっ、以前のステラのようだな」

リーンハルトの言う通り、初めて友人ができたときの胸の高鳴りは記憶に新しく、ステラは共感を覚えた。

（うんうん、友達って響きは素晴らしいよね！　世界がキラキラっと輝いて見えて……ってあれ？　今ハルは友人じゃなくて恋人だから――）

ステラは隣に立つ青髪の竜人を見ながら衝撃的な事実に気付いてしまった。

「私にとっても、クラウディアは現在唯一の友達かも」

「ええ!?　わたくしがステラ様の唯一……あの、イーグルの皆様は？」

「イーグルの方たちは友人というより大先輩！　だからクラウディアがいなかったら、私ったら友達ゼロ人のままだったよ。友達になってくれてありがとう！」

「わたくしも光栄ですわ」

ステラとクラウディアはぎゅーっと抱き合い、友達の存在を堪能した。

しかし数秒後にはリーンハルトやルッツたちから向けられる温かな視線に気付き、ふたりはそっと体を離した。

クラウディアはコホンとわざとらしく咳払いすると、リーンハルトと向き合った。

「教会に蔵書されている書物はまだまだありますわ。直接ドラゴンに関する文献ではなくても、重要なことが記述されていることもあるでしょう。また探しておきますね」

「ありがとう。助かる」

「重要な文献と判断した場合は、ステラ様にお渡ししたチャームの石でお知らせいたします」

ムーンストーンは単なる宝石としてではなく、連絡を取るために色を変えることができる魔法も施されているらしい。ステラは肌身離さず、いつでも確認できるようにチャームをベルトにつけた。

ふとそのとき、クラウディアが外の世界に興味を持っていることを思い出した。「旅のお供に」という言葉の裏に「わたくしの代わりに」という意味が込められているのを察した。

「クラウディア、もしエムメルスの外に出ようと思ったときは、友達の私が案内するね」

「――はい。今はこの国について学び直すつもりですが、いつか旅に出るときが来たらお願いします。もし結婚式の立会人として呼ばれれば、海の向こう側だとしてもいつでも駆け付けますわ」

「良いアイディア♪　ね、ハル？」

「あぁ、友人として招待するのは難しいかもしれないが、アマリアの王兄の立場を使って招待状を送れば、クラウディアも周囲を説得しやすいかもしれない」

後ろに控えている神官や聖騎士たちの肩がピクリと跳ねたのが見えた。大切に保護されている聖女が大陸を出るなどということは前代未聞。もしそうなったら、護衛として付き添う彼らの責任は重大だ。

しかもクラウディアは神殿を抜け出すようなお転婆少女。好奇心に負けて国外でもお忍びで街に——となれば、彼らが苦労する姿は想像に容易い。

ステラは心の中で聖騎士たちに謝罪し、リーンハルトと手を繋いだ。

「いきますのね。どうかお気を付けて」

「うん。クラウディアもどうか元気で。また会おうね」

「はい。その日を待ちわびながらいつもふたりの幸せを願い、祈り続けますわ」

クラウディアは胸の前で手を組み、ルッツや神官、聖騎士は軽く頭を下げて視線を落とした。

疑似ダンジョン踏破の立役者であるけれど、ふたりの希望で見送りは非公式なものにしてもらっているため、静かな出国だ。

ステラとリーンハルトも軽くお辞儀をして、踵を返した。何度か振り返ったが、クラウディアは姿が見えなくなるまで祈りを捧げていた。

エムメルス神聖国での滞在は一か月間。色々なことがあったため、それ以上の時間を過ごしたように思える。これまでの旅の中でも、最も強い思い出として残りそうだ。

こうしてステラとリーンハルトはエムメルス神聖国の神殿から旅立った。

歩いてしばらくして、ステラは隣を歩くリーンハルトの顔を見上げた。

今もときどき彼は指先でピアスに触れながら、上機嫌で頬を緩ませている。

「ふふふ」

「さっきからこっちを見てきて、どうした？」

「そのピアスを贈って良かったなって、改めて思っていたの。自分が選んだ物をそうやって大切そうにしてくれている姿を見ると嬉しいなって」

「そうだな」

リーンハルトは立ち止まるとステラの首元に指を滑らせ、逆さ鱗の入ったペンダントのチェーンを指にかけた。

「俺も自分の大切な物を相手が肌身離さず持っていてくれると、自分も大切にされてるって幸せな気持ちになるんだ。ステラもいつも身に付けてくれているよね」

「だって、ずっと片時も離さず触れていたいなって」

ステラははにかみながら、服の上から逆さ鱗の入ったペンダントを握りしめた。手の中に納まるほど小さい物だけれど、胸元に触れているせいか、青く光るそれはリーンハルトの存在を心の近くに感じさせてくれる。

「いつまでも大切にするからね――って、ハル？」

青髪の竜人はどうしてか明後日の方向を向いて、片手で額を押さえていた。

表情を覗き込もうとするが、視線まで逸らされる。少し不機嫌そうに見える表情から、照れている感じでもない。

「ハル？　ねぇ、ハルさーん？」

「俺をあまり煽らないでくれ。これでも我慢しているんだ」

「我慢？」

ステラはきょとんと首を傾けた。

逆さ鱗は竜人にとって自分そのもの。それにずっと触れていたいと口にしてしまった意味を、ステラは分かっていなかった。

「もっとアマリアの文化を教える必要があるみたいだな」

リーンハルトは額に当てていた手を外し、一転して爽やかな笑顔を向けた。

けれどもずっと一緒に過ごしているステラは気付いてしまった。その黄水晶の瞳の奥に、獲物を狙うドラゴンがいることに。

「お……お願いします？」

「ふっ、あとでな。まずはリンデール王国に行こうか」

ステラの手は大きな手に握り直される。何度も手を繋いでいるのに、彼から握ってもらえるたびに嬉しくなるのは不思議だ。同じようにステラは握り返した。

この夜、ふたりは月が真上にのぼった頃、闇色の空へと溶け込んでいった。

第七章　大切な絆

竜化したリーンハルトの背に乗って海を越えた数日後、ステラたちは要塞のような高い塀で囲まれた屋敷の前にやってきていた。ここはステラの義兄レイモンドが居候している場所であり、リンデール王国の英雄──騎士団長ダリル・アドラムの屋敷だ。

アドラム団長は、ステラ追放のきっかけとなった冤罪の疑いを晴らしてくれた人物でもある。

「相変わらず厳重な守りだな」

自身も王兄という高貴な立場であるリーンハルトですら、感心してしまうほど。

塀を守るように均等に騎士が配備され、ネズミ一匹の侵入すら許さない雰囲気だ。王城にある国王の寝所に匹敵する守りだろう。

レイモンドは、もっとも安全な場所に住んでいると言っても過言ではない。

（元聖女の義兄だからレイ兄さんが狙われたりしないか心配だったけれど、ここにいる限り大丈夫そうね）

ステラはホッと胸を撫でおろした。そして門番にレイモンドへの言伝を頼めば、突然の訪問にもかかわらず屋敷への立ち入り許可がすぐに下りた。アドラム団長は不在だが、レイモンドはいるらしい。

「いよいよだな……」

そう呟くリーンハルトは、少しばかり顔を強張らせている。リンデール王国の国王の前でも、エムメルス神聖国の聖女や神官長の前でも緊張することのなかった彼が緊張している。

その姿を見て、ステラの鼓動もつられて速まった。

使用人に案内された応接室の扉を開けると、以前と変わらない優しい顔立ちの義兄レイモンドがいた。落ち着いた茶色の髪は以前より伸びたのか後ろで束ね、一方で茶色の瞳は変わらず柔らかく温かみを持っていた。

「ステラ！　ハルさんもよく来たね。待っていたよ」

「レイ兄さん！」

先程まで感じていた緊張はどこかへ飛び、ステラはレイモンドに駆け寄り胸の中に飛び込んだ。

（しまった！　レイ兄さんはハルみたいに体が丈夫じゃないのに――ってあれ？）

そこで気が付いた。嬉しさのあまり勢いよく抱き着いてしまったのに、細身のレイモンドが難なく彼女を受け止めたことに。

「きゃっ」

しかもあろうことかステラの身はふわりと浮き、彼女は驚きのあまり小さな悲鳴をあげた。

レイモンドがひょいと体を持ち上げ、幼子《おさなご》を扱うようにその場でくるっと回ったのだ。

「元気だったようだね、ステラ！」

ステラは華奢な方であるが、鍛えているため筋肉がついていて決して軽くはない。以前のレイモンドでは持ち上げることは不可能なはずなのだが、今の彼は無理をしているようにも見えない。

「レイ兄さん、もしかして魔法？」

「正解。アドラム団長から身体強化の魔法を教えてもらったんだ。俺は魔力が少ないから、これが限界だけどね。ずっとステラをこうやって抱っこしてみたかったんだ」

「そうだったの？」

レイモンドがそんなことを思っていたとは初耳だ。

しかも騎士でも恐れる豪傑から直接魔法を教えてもらえたなんて、どんな手を使ったのか。相変わらず義兄の人を誑《たら》し込む力にも驚く。

「幼い頃から君は誰にも甘えなかっただろう。だから俺だけは甘やかしてあげたいと思っていたんだけど、貧弱な体ではできなくてね。むしろ俺が看病で抱っこされる有様だったから——でも、ようやく夢が叶った」

彼は太陽の光のような明るい笑顔を咲かせた。

高熱で常に乾いていた唇、ステラよりも細い肩をし、死に近かった少年の面影はもうない。もう何度大丈夫だと聞かされていても、元気な姿を見れば喜ばずにはいられない。

「レイ兄さん、私とても嬉しい。手紙には書かれていなかったから驚いちゃった。でもね、私はずっとレイ兄さんに甘えていたんだよ？」

「そうだったの？」

「うん。私ね、文字が読めるようになってもレイ兄さんに本を読んでもらうのが嬉しくて、何度もお願いしていたなって」

「そうか。あれは甘えだったんだね」

レイモンドは顔を緩ませ、ステラをぎゅっと抱きしめた。

「さぁ、ふたりとも座って。疲れに効く良いお茶があるんだ」

ステラを下に降ろしソファにかけるよう促すと、レイモンドは自らお茶を淹れ始めた。

長旅をしていると知ってか、ふたりを気遣うブレンドを用意してくれる。ふんわりと爽やかなハーブの香りが部屋を満たしていった。

レイモンドが正面に座ったタイミングで、ステラの隣からリーンハルトが短く深呼吸をする音が聞こえた。思わずステラも背筋をピンと伸ばした。

「レイさん、お話ししたいことがあります」

「突然かしこまって、どうしたのかな？」

「実は――」

少しの間を開けて、リーンハルトは真っすぐレイモンドに黄水晶の瞳を向けた。

「あなたの大切な義妹であるステラさんと結婚したく、義兄のレイモンドさんにご挨拶に参りました。あなたはステラが大切に思っている家族であり、俺にとっても大切な恩人です。結婚するのなら、レイモンドさんに祝福されて結婚したいと思っています。だからどうか、俺たちの結婚を認めてくれないでしょうか」

力強く言い切った彼は、深々と頭を下げた。

義兄レイモンドとステラとの間には血の繋がりは一切ない。厳密にいえば今は戸籍上でも赤の他人。リーンハルトと比べても、レイモンドの地位はずっと低い平民だ。王兄が平民に頭を下げることはあってはならないのが常識で。

（ハルはそんなこと関係なく私の家族としてレイ兄さんを認めてくれて、礼儀を尽くそうとしてくれている。私が持っている絆を大切にしてくれている。ありがとうハル――私もハルと家族になりたい）

ステラもリーンハルトと同じように頭を下げた。

静寂が間を支配した。頭を下げてしまっているため、レイモンドの表情を窺うことはできない。しばしの沈黙を経てゴクリとお茶を飲む音がしたあと、カチャリとティーカップがソーサーに置かれる音がした。

「許しません……」

「――っ」

聞いたこともないレイモンドの低い声に、ステラもリーンハルトも覚悟するように膝の上で拳を握った。

「もしステラを傷付けるようなことや、泣かすようなことがあったら絶対に許しません。俺は全てを投げうってでも報復します。そうならないことが条件です」

ふたりはハッと顔をあげて、レイモンドの表情を見た。

彼は茶色の瞳に薄く涙の膜を張って微笑んでいた。

「リーンハルト様なら大丈夫ですよね？　どうかステラを幸せにしてあげてください。この子はずっと苦労してきたから、とびっきり幸せになって欲しいんです」

「もちろんです。ステラを愛し、一生をかけて幸せにします」

「なら安心ですね。義妹を宜しくお願いいたします」

そう言ってレイモンドは深々と頭を下げた。

自分に対する深い愛情を知り、ステラは胸の奥から熱いものが込み上げてくるのを感じた。

「レイ兄さんっ」

ステラは思わずまた抱き着きたくなりソファから腰を浮かすが、レイモンドが勢いよく頭をあげたため動きを止めた。彼の目は据わっていた。

「確認したいことがあるんだけど」

「な、なに？」

「ステラ……ハルさんの弟で、アマリア公国の王であるアレクサンダー陛下からの許可は降りているんだよね？」

「ううん。レイ兄さんの方が先だよ。アレクサンダー陛下にはあとで挨拶に行く予定なの」

知らされた真実にレイモンドはぎょっと面食らったあと、頭を抱えてしまった。

「君たち、順番を間違えているよ。何の力も持たない俺はどうとでもなるんだから、アレクサンダー陛下の許可を先に取るべきだって！　種族や国が異なることで、何かしら問題が発生してくるだろうし、万が一反対でもされたら――」

「レイさん、落ち着いてください。女性側の親族に先に挨拶に行くのがアマリアの風習なんです。

それにステラはダンジョン踏破や亜人の救出などの実績もあり、アマリア公国にとっても恩人。アレク自身もステラを気に入っているので、あいつから反対されることはありません」

「ハルさん……それなら良いんだけど」

レイモンドは脱力し、ソファに背を預けた。

（やっぱりレイ兄さんは、いつも私のことをとても考えてくれている。幼い頃も、追放されてしまったときも、今日だって――）

ステラはレイモンドの隣に移り、小箱から銀の懐中時計を取り出して彼の手に載せた。

「感謝の印として贈り物があるんだけど、受け取ってくれる？」

「懐中時計だね。あぁ、なんて綺麗なんだ。これほどまでに緻密な細工が施された時計は見たことがない。本当に俺が貰って良いの？」

商会でアンティークを取り扱い、高級品に目が慣れたレイモンドすら懐中時計の出来栄えに唸った。

レイモンドはハンターケースの角度を変えて精緻に刻まれた意匠を確認し、ガラス越しに見える歯車のワルツに目を輝かせていた。興奮のせいで上気した顔を見るに、とても気に入っている様子だ。

懐中時計を選んで正解だったと、胸を撫でおろす。

「レイ兄さんのために選んだから、使ってくれると嬉しいな。私はね、レイ兄さんがいたからここまでこれたの」

「俺も君がいたから生きてこれた。ステラ……幸せになるんだよ」

「うん……レイ兄さん大好き。今まで育ててくれてありがとう！」

ステラは今度こそレイモンドに思い切り抱き付いた。

レイモンドは嬉しそうに抱きしめ返し、リーンハルトは温かい眼差しでふたりを見守っていた。


それから数日、アドラム団長の計らいでステラとリーンハルトは屋敷に滞在することができた。

ステラはレイモンドに旅の出来事を話し、あるいは彼から普段の生活について聞いたりと、穏やかな時間を過ごした。幼い頃から一緒にいたとはいえ、こうやって心配事もなくレイモンドと過ごすのは初めてのことだった。

一方リーンハルトはアドラム団長に誘われ、剣の稽古をしていることが多かった。しばらく魔物の相手ばかりしていたリーンハルトは、久々に人と剣を交えることができて楽しそうにしていた。

それも二週間もすると状況が変わった。

「大丈夫だと分かってはいるんだけど、時間が経つほど心配になってきて……俺を安心させたいのなら君たち、そろそろアレクサンダー陛下に挨拶をしてきなさい」

そうニッコリと凄みのある笑顔をレイモンドから向けられ、ふたりは黙って頷いた。

出発は月明かりのない夜を選んだ。屋敷の庭園でリーンハルトは竜化し、ドラゴンへと姿を変えた。皮膜が付いた大きな翼と光沢を帯びた青い鱗は星の輝きを受け、月明かりがなくても彼の存在感は強かった。

「夢じゃないんだよね？　話には聞いていたけれどなんて大きいんだ」

初めてドラゴンの姿を見たレイモンドは、ただ唖然とその姿を見上げていた。遠くから見ている使用人も興奮を隠せていない。

ステラは慣れた様子でドラゴンの首元に跨り、手綱を握った。

「レイ兄さん元気でね。また来るから」

「うん。俺はいつでも待っているから。ステラも元気で過ごすんだよ――ハルさん、ステラを宜しくお願いします」

「もちろんです。レイさんとの約束を違《たが》わぬよう努めます。次はあなたの義弟として会いに来ます」

「義弟かぁ。凄すぎて実感が湧かないなぁ」

レイモンドは嬉しそうに苦笑すると、数歩下がった。

「ステラ、ハルさん、いってらっしゃい」

別れのときだというのに、以前のような寂しさはない。それはレイモンドとの絆が、簡単に解けてしまうものではないと確信できているからだ。

「いってきます、レイ兄さん」

「いってきます、レイさん」

ステラが満面の笑みを浮かべると、リーンハルトは空高く舞った。

屋敷の灯りは一瞬で小さくなり、夜空の星の輝きが増した。天気も良く、このまま飛べば明日の昼にはアマリア公国の王宮に着くだろう。

（次はいよいよ私がお願いする番だ……）

アマリア公国が近づくにつれて、じわりと緊張感が高まる。二週間も滞在してしまったのは、無意識に現実から目を逸らしていたのだと今更ながら気付く。

（ハルは私の覚悟が決まるまで見守ってくれて、レイ兄さんはそれを見抜いてたから苦言を呈してくれたんだろうなぁ）

リーンハルトがあれほど立派に挨拶をしてくれたというのに、自分の情けなさと、和らぐことない緊張で手に力が入る。

「緊張してきたか？」

「ごめん！」

手綱を強く引っ張ってしまったらしい。力を緩めて、首を撫でる。

「レイ兄さんにはハルの口から挨拶したんだから、アレクサンダー陛下には私からきちんと話をしたいって思ったら、力んじゃって……」

アマリア公国は閉鎖的な国だ。恩人としては歓迎してくれた。しかし本当に種族が異なるステラを竜人の妻として受けいれてくれるのだろうか、祝福してくれるのだろうかと、不安が芽生えていた。

その不安はリーンハルトにはお見通しで——

「そのままのステラで大丈夫。ステラの優しさと魅力は種族関係なく伝わっている。俺の家族もレイさんに負けないくらい器は大きいから、受け入れてくれるよ。俺がそばにいる。一緒に頭を下げればいい」

一番の味方《リーンハルト》である彼の言葉に不安は軽くなっていく。いつだって支えてくれるという事実が、どれだけステラの心を救っているだろうか。

不安の代わりに胸の奥からは愛しさが湧き、温かい気持ちになっていく。

改めてリーンハルトとずっと一緒にいたいと、強く願わずにはいられない。

「ありがとう。ハル、大好きだよ」

そう言いながらステラは彼の首に腕を回して、頬をすり寄せた。どうか同じ気持ちでありますようにと。

「ステラ愛している。家族になろう」

リーンハルトは翼を大きく扇いだ。

ふたりの行先は、大切な絆を新たに結ぶための未来だ。

わたし、聖女じゃありませんから

Watashi seijyojya arimasenkara

番外編

番外編その一　お菓子の甘い作戦～ステラの場合～

リンデール王国アドラム邸に滞在してから数日経ったある日、ステラは厨房にいた。

目の前には小麦粉、卵、砂糖、ミルクにバターなどが並べられている。アドラム団長の伝で手に入れたそれらは、どれも王室御用達の高級食材ばかり。

ステラはエプロンの紐を腰でキュッと縛って気合を入れると、隣でレシピ本を捲る義兄レイモンドを見た。

彼は穏やかな顔でクスリと笑った。

「ステラがお菓子作りかぁ」

「えへへ。ハルに喜んで欲しくて」

実は、リーンハルトは甘い物好きだ。各国を訪れたときも人気のスイーツがあれば必ず食べるし、レストランのサービスで食後にデザートが出てきたときは頬が緩んでいる。本人は隠しているつもりだろうが、好みのスイーツだと少年のような目の輝きを見せるほどだ。

可愛い。実に可愛らしい。市販の菓子を渡しても彼はきっと喜んでくれるだろう。

けれどもあえて手作りを選んだのには理由がある。

旅をしている間、外で野営メシを何度かしたことがある。リーンハルトも腕をあげたが、ご飯作りはステラが担当することが多い。簡単な物しか作れなかったのにもかかわらず、「ご飯を作ってくれるなんて幸せだな」という言葉をリーンハルトが呟いたのだ。

聞き逃しはしなかった。だから彼の好きなスイーツを作れば、市販品よりももっと喜んでくれるのではと考えたのだ。

「それで今日は何を作るの？」

「ふわふわカップケーキだよ」

「王道だね」

「実は今回、ハルには内緒にしてるの。アドラム団長と鍛錬に行っている今のうちに作れる、シンプルな物にしようかなって」

現在リーンハルトはアドラム団長とその部下と共に、屋敷の裏にある鍛錬場で剣の稽古中だ。サプライズで渡すためには、発酵させる物やデコレーションするような時間のかかるスイーツは作れない。

シンプルで美味しい物を選んでみた。それでも時間は限られている。

「材料は全て計量してあるから、レイ兄さんはレシピを読み上げてくれる？」

「分かった。まずは卵を割って卵白と卵黄を分けてください、だって」

言われた通り、卵の殻を使ってボウルに分けて入れる。

「卵白と砂糖を混ぜて泡立てます」

「卵白って泡立つの？」

「……泡立つんじゃないのかな」

首を傾げながら卵白と砂糖を泡だて器で混ぜていくと、確かに気泡ができた。少しだけ白っぽくなったようにも見える。

「これくらいで良いのかな？」

「俺に聞かれても……」

「本好きの、物知りなレイ兄さんでも知らないの？」

「菓子は守備範囲外だよ。実際に作っているところも見たことないし……もしかしてステラも見たことが……？」

レイモンドに怪訝な目をされ、ステラはパッと視線を逸らした。

「ないんだね。今からでも料理長に助けを求めに」

「待って。きっと大丈夫！　レシピの中でも初心者向けって書いてあるし、これでも料理経験は積んでるんだよ。美味しくできるはずだから、任せて！」

そう自信満々に言ったものの、レイモンドの眼差しには未だに疑いの色が濃い。

「それに作戦もあるの。アドラム団長やリンデール精鋭の騎士たちと鍛錬が終わる頃には、さすがのハルも疲れてお腹を空かせているはず！　少しくらい失敗しても美味しく感じると思うの。空腹は最高の調味料っていうでしょ？」

「ハードルを上げたいの⁉　下げたいの⁉　ねぇ、今から作ったことのある他の菓子にしよう？」

「……正直に言いますと、実はお菓子作り自体が初めてなの」

「謎の自信はどこからきたんだろうね？」

ニッコリと圧のある笑みが向けられた。家庭教師役でもあったレイモンドが先生モードになってしまった。

ステラがオロオロしていると、彼は「仕方ない」とため息をついた。

「自己評価の低かったステラが、前向きになってくれたことは喜ばしいことだからね。挑戦する前から失敗を決めつけちゃいけない。まずは最後までやってみようか。俺が見守ってあげるから」

「ありがとう、レイ兄さん！」

こうしてカップケーキ作りを再開する。

泡立てた卵白に卵黄、ミルク、小麦粉、溶かしバターの順番で加えて混ぜ合わせる。

「ステラ、書いてはいないんだけどさ……その都度《つど》混ぜながら材料を混ぜた方が良かったかも」

「そうなの？　わ、ダマになってきた！」

「とにかく混ぜて混ぜて！」

どこまで混ぜれば良いか分からないため、ひたすら泡だて器を動かす。一切のダマがなくなった生地はトロトロで、ぱっとした見は悪くなさそうだ。正し、素人目線である。

そのまま型に流し込んでオーブンに入れた。

「きちんと焼けますように！」

リーンハルトの笑顔を想像し、タイマーのダイヤルを回した。

アドラム邸のオーブンは魔道具仕様で薪の調整いらず。そのことに感謝しながら焼き上げ、オーブンから取り出したのだが――

「そ、そんな、こんなはずじゃ」

「ステラ、残念だが……これはもう」

ふたりで完成品を覗き込んで、揃ってわなわなと震えた。

そこには『ふわふわ』の『ふ』すらない、スポンジになる予定だった物がカップケーキ型の底に沈んでいた。

オーブンから出したばかりこそ、わずかながら膨らんでいるように見えたのだが、数秒したらみるみるうちに萎んでいった。

「み、見た目は駄目かもしれないけど、味は美味しいかも。はむ……うっ！」

材料は高級品で分量は正確。一縷の望みに縋るが、玉砕。底の部分がぶよぶよしていて、表現に困る味がした。

レイモンドも味見のために謎の菓子を口にしたが、食べるなり慌てて厨房から飛び出してしまった。

「優しいレイ兄さんが脱兎のごとく逃げる味……」

ステラは頭を抱えた。さすがに空腹であっても誤魔化せる範囲を超えていた。もはや菓子とは呼べない物を作ってしまっていた。

リーンハルトが喜んでくれる――という膨らんでいた期待は、目の前のカップケーキのように萎んでいく。

「どうしよう。もう時間もないし、今回は諦めるしかないのかな」

残った材料や時計を見て、さらに肩を落とした。自分自身楽しみにしていただけに、落胆する気持ちも大きい。出来上がった失敗作を片付けていく。

「ステラ！」

そのとき、先程飛び出していったレイモンドが息を切らしながら厨房に戻ってきた。

しかも彼ひとりではなく、後ろには真っ白な衣を纏いし救世主がいた。

「天使！」

「いや、料理長だから」

「ごめん。ピンチに陥ると、救世主が天使に見える説があるんだけれど、身をもって経験したから、つい」

そのあとはあっという間だった。料理長の華麗なるフォローにより、チョコレートチップたっぷりのクッキーが完成した。言われるままに材料をヘラで混ぜただけでできてしまった。

ありがたいことに、次回はステラひとりでも作れる簡単で美味しいレシピを選んでくれていた。材料は全部まとめて混ぜて、スプーンで生地を鉄板に載せて焼くだけ。

味見をしたがサクサクの歯触りのあと、口の中でチョコレートが溶けて甘さが広がった。

「すっごく美味しい～レイ兄さん、料理長ありがとうございます！」

「どういたしまして。本当にステラはハルさんのことが好きなんだね」

そうしみじみと口にしたレイモンドは嬉しそうでもあり、どこか寂しそうでもある笑みを浮かべていた。

リーンハルトと共にいる人生を選んだため、ステラとレイモンドが今後一緒に暮らす可能性は低い。病弱で屋敷に引きこもってばかりいた彼の隣には、寄り添ってくれる親しい人が誰もいないのだ。

（誰か一緒にいてくれるような人、一緒にいたい人はいないのかな）

ステラはクッキーを包みながら、レイモンドに聞いた。

「ねぇ、レイ兄さんには好きな人や、良いなって思う人いないの？」

「今はいないかな。それに俺は身分も容姿も、女性が憧れるような逞《たくま》しさもないから好いてもらうのは難しいんじゃないかな」

レイモンドは開き直って明るく笑う。

けれどもステラは事実が違うことを知っている。

アドラム邸のメイドは普通のメイドではない。ダンジョンに参加できるほどの実力はなく、討伐隊の騎士の道を断念したものの、メイドでも良いからアドラム団長に仕えたいと志願した元女性騎士ばかり。

そんな、そこら辺の男性よりも強い彼女たちから熱い視線を送られていることを、レイモンドは気付いていない。

彼の柔らかい物腰、儚げな雰囲気、無自覚な人タラシ力により絶賛『庇護欲刺激されまくっている乙女の会』なるものが存在しているのだ。全員で牽制し合っているようにステラの目には見えた。

レイモンドの身分が貴族から平民になったからこそ、お付き合いのハードルも低く狙い目なのだろう。

「メイドさんたちとかはどうなの？」

「過保護って思うほど、こんな俺にまで礼儀を尽くしてくれる良い人たちばかりだけどね。主であるアドラム団長の人望のおかげだから、驕らないように心がけて特定の人を贔屓にしないようにしてるんだ」

「そっかぁ。親し気に見えたけど」

「俺は保護対象。皆さんは俺が快適に過ごせるよう、職務をまっとうしているだけだよ」

冷静に考えれば、メイドたちから注がれる熱い視線の理由が恋とは限らない。

(癒しを求めてマスコットを愛でるような意味で人気なのかも……ってことだよね。だとしても、レイ兄さんも自分に自信が持てれば良いのに)

ステラはリーンハルトから真っすぐな気持ちを向けてもらえたおかげで、自分のことが好きになれた。レイモンドにもそういった人が現れたら良いのにと願う。

「ねぇ、ステラが作ったクッキー分けてもらっても良いかな？」

目の前には失敗に備えて大量に作ったクッキーが並んでいた。どれも成功したため、リーンハルトに渡しても、ひとりでは食べきれないくらい余る。

「良いよ。ハルの分は確保したから、残り全部良いけど……多いよね？」

「ううん、全部貰おうかな。日頃お世話になっているメイドさんたちにお裾分けしようかなって思ったんだ。俺も今から休憩室に持っていこうっと。焼き立ての美味しいときに食べてもらいたいし」

「そういうところだと思うよ」

「何が？」

レイモンドは何も分かってない様子でバスケットにナプキンを敷いて、その上にクッキーを詰めた。

鍛錬場に行く途中に使用人の休憩室があるため、ステラとレイモンドは一緒に厨房を出る。そして休憩室に着けば——

「レイモンド様、こんなところにどうして♡　もしかして私に会いに？」

「まぁクッキーを私たちに……いえ、私にくださるなんて♡」

「ここで一緒にどうですか？　この私が美味しいお茶を淹れて差し上げますね♡」

「お席はどうぞ私の隣にお座りになって♡　あんた避けなさいよ」

あっという間に『草食動物《レイモンド》を囲む猛獣《メイド》の群れ《たち》』の図が出来上がった。

「いえ、お休みを邪魔するわけにはいかないので、クッキーはどうぞ皆さんだけで召し上がってください。俺はこれで失礼——」

「いいえ！　是非ともご一緒に！」

一斉にメイドに凄まれ、レイモンドは「で、ではお言葉に甘えて」と戸惑いながら休憩室に入っていった。彼が元聖女《ステラ》の義兄だからお近づきに――という狙いがあるようには思えない溺愛っぷりをメイドたちは発揮していた。

（人タラシ力、恐るべし……もはやレイ兄さんの信者になってる）

彼女たちはレイモンドばかり見て、後ろにステラがいることに気付いていない。

ステラはそのまま気配を消して、そっと休憩室の扉を閉めた。深く考えることを放棄して、鍛錬場に向かうことにする。

鍛錬場では高い剣戟の音が響いていた。

ステラは目線が合ったアドラム団長に一礼して、彼の隣に立った。

「アドラム団長、お疲れ様です」

「ほう、差し入れとは健気だな。これが終わったら休憩にしてやるか」

ちょうどリーンハルトがアドラム団長の部下と手合わせをしているところだった。リンデール王国とアマリア公国で剣の流派は異なる。互いに型の違う相手の手の内を探りながら剣を振るっていた。

全く獣化していないリーンハルトはいつもより苦戦気味だ。それでも反応速度は一枚上手《うわて》で、一瞬の隙を見逃すことはなかった。

「勝者、リーンハルト殿！」

「ありがとうございました」

リーンハルトと騎士が握手を交わしたタイミングで、アドラム団長が一時間の休憩を言い渡した。

すると青い髪に汗の雫を輝かせた竜人はステラの姿を見つけ、無邪気に手を振ってきた。

（くっ……普段は大人っぽいのに、こんな不意打ちは卑怯だよ！）

ギャップにやられて、胸の高鳴りが止まらない。

けれどもアドラム団長や顔見知りの騎士の前で痴態を見せるわけにもいかず、プライドをかき集めて平静を装う。

ステラは鍛錬場から少し離れた東屋にリーンハルトを誘った。ここは木が陰になってくれる場所だ。騎士たちからは見られてないことを確認して、クッキーの包みを広げた。

「チョコレートチップクッキーか」

リーンハルトの黄水晶の瞳の奥が輝く。彼は迷わず頬張り、その顔をいっそう綻ばせた。

（あれ？　いつもは甘い物を食べるときは至福の顔を隠そうとするのに、今日は素直すぎる）

リーンハルトの喜ぶ反応は自分が求めていたもの以上なのに、釈然としない。

「美味しいよ、ステラ。すぐに食べきってしまいそうだ。菓子を急に差し入れなんて、どうしたんだ？」

「料理長がたくさん作っていたから、分けてもらったの」

ほぼ料理長の力でできたものだ。本来ならば、彼の笑顔は自分だけの力で作ったスイーツで引き出したかったと、少しばかり悔しい。そんなことをおくびにも出さず、ステラはニッコリと笑みを作った。

けれどもリーンハルトは納得いかない表情を浮かべて、ステラの首元に顔を寄せてスンと鼻を鳴らした。

「分けてもらっただけではしないような、とても甘い香りがこんなにもするのに。どうして隠すんだ？」

彼の言葉はすでに確信しているものだった。亜人の嗅覚を侮っていた。

「やっぱりハルに隠しごとはできないね。実は自分ひとりで作ろうとしたんだけど、見たこともない別な物ができちゃって……これは急遽料理長の指導の下、私が材料を混ぜただけの物なの。焼いたのも料理長で……なんとなく私の手作りって胸張って言えなくて」

「ステラが混ぜたんなら、もう手作りだろう。それにステラが作った物なら、失敗作でも嬉しいのに」

「あれはね……食べ物とは呼べない代物《しろもの》だから、さすがに渡せない。あのレイ兄さんも絶句した、ある意味奇跡の産物だったよ」

「ふ、ははは。むしろどんな物ができたのか気になるんだが。俺も食べてみたかったな」

お世辞でも嬉しくて、リーンハルトにつられてステラも笑ってしまった。

二枚目を頬張る彼の横顔を見ながら、色々なお菓子作りができるようになりたいと思う。

「今度はちゃんと習ってから作ろうかな。ハルは甘い物で一番何が好きなの？」

「そうだな、甘い物なら――」

急にリーンハルトの顔が近づき、そのまま頬にキスされてしまった。チュッと軽い音のあと、彼は蕩《とろ》けるような笑みを浮かべた。

「ステラが一番甘くて好きだ」

「――ふぇ⁉」

ステラの頭は一気に血流が巡り、のぼせそうなほど熱くなる。不意打ちは本当に体に悪い。

「そ、それはないって！　砂糖でできてるわけじゃないのに」

「俺の勘違いだったのかな？」

そう言いながら次はステラの唇にキスを落としていった。チョコレートの香りが強く通りすぎていく。

「やっぱり甘い」

「〜〜〜〜っ！」

羞恥で赤く熟れてしまった顔を俯かせるステラの横では、リーンハルトが鼻歌でも唄いそうなほど上機嫌でクッキーを食べ始めた。

態度、表情、言葉選びのどれを取っても一番甘いのは絶対にリーンハルトだと、ステラはこの日改めて思い知ったのだった。

番外編その二　お菓子の甘い作戦～クラウディアの場合～

神殿に平穏が戻ってきた頃、クラウディアはある作戦を実行に移そうとしていた。

実は聖女であることを公表する前は、見習い修道女として神殿内を歩いていた彼女。神殿の顔見知りと気安い挨拶くらいはしていた。

しかし聖女と知られてからは皆、言葉を発することなく恭しく頭を垂れるようになったのだ。立場上仕方ないとはいえ、これから神殿関係者とも距離を縮めようと決めた矢先にこれでは先が思いやられる。

（事件のときに皆様と距離が近くなったと思ったけれど、聖女への神聖視の強さを甘く見ていたわ。何かアプローチをしなければならないわね）

そこで少しでも親しみを感じてもらうために考えたのが――

「今から全員分のクッキーを作りますわよ！」

お菓子を作ってプレゼントする行為は、「親しくなりたいです」と相手に伝えるにあたり定番の手段。

クラウディアは両手に拳を作って気合を入れた。

そんな様子を従者ルッツは、冷ややかな視線をもって眺めていた。

「なんて無謀な。神殿にどれだけの人がいらっしゃると……」

「個々に渡していくわけじゃないわ。バスケットに入れて食べたい方はどうぞ、という形をとるつもりですわよ」

「そうではございません。その量を本当にひとりでお作りになるつもりで？　やはり僕もお手伝いいたします」

「手出し不要ですわ！　聖女も自分たちと変わらない人なのだと、そう思わせるのが狙いですのよ。わたくし自ら作った方が、親しみを覚えてくれますわ」

ルッツだけでなく、この計画を立てた時点で神官長にも心配はされていた。「厨房の人間に任せなさい」と、助言も受けていた。

しかしクラウディアは丁寧に断り、ルッツの監視の下という条件付きで許可を得たのだった。

クッキーの作り方は、事前に料理番の神官や修道女から習っている。材料を全部まとめて混ぜるだけという簡単なもので、一度ひとりで練習したが成功を収めている。

混ぜ方も『軽く』というのがポイントで、大変な思いをした記憶はない。

前回と違うのは、贅沢にナッツをたっぷり入れるということくらいだろうか。

「まずはナッツを砕きますわよ」

「しっかり砕いてくださいね。そうしないと風味が引き立ちませんから」

「分かったわ」

「しかし砕きすぎれば食感が悪くなるのでご注意ください」

ルッツの指示が細かい。

けれども美味しいクッキーのためならばと、クラウディアは木槌を持って布袋に入れたナッツを叩き始めた。

力を入れなくても、乾燥しているナッツは軽い音を立てて砕けていく。

やっぱり楽勝ですわ――と思ったのは初めだけで、半分を砕いたあたりで異変が起きた。

「腕が……っ」

軽く砕けるとはいえ、なんせ量が多い。同じ動作をしすぎて、腕の感覚が麻痺してしまったのだ。なんとか続けようとするが、次第に握力もなくなり木槌を落としてしまう。

（まだ生地にも取り掛かってませんのに、これでは完成なんて……厨房も、何度も借りては迷惑になってしまうし。欲を出して、ナッツに手を出したわたくしが愚かだったわ）

作業台に手をつき、項垂れる。今から手伝ってもらおうにも料理番は不在。

頼れるのはたったひとり。

「ルッツゥ～」

「その細腕ではできないと思っておりました」

「うっ、その通りですわ。ねぇ、やっぱり助けてくださらない？　わたくしにはルッツしかおりませんの！」

「反省の意味も込めて、もう一度言ってくれたら手伝いましょう」

「えっと、わたくしにはルッツしかおりませんの？」

意図が分からないまま繰り返せば、彼はキリっと表情を引き締めて、いつのまにか用意していたエプロンを腰に巻いた。

「僕がナッツを砕いている間、手の震えがなくなったらクラウディア様は卵を割っておいてください」

「任せて！」

それからは素人とは思えない手際をルッツは披露した。彼女が卵を全部割り終える前に、ナッツを砕く作業は全部終え、次の作業を始めてしまう。

クラウディアは一度に生地の仕込みを済ませようと思っていたが、ルッツは三分割にすることを提案。その結果一回目を焼いている間に二回目の生地を寝かせ、三回目の生地を作るという無駄のない流れが出来上がった。

「ルッツにクッキー作りの才能があるとは思いませんでしたわ」

「料理番に事前に助言を乞うていただけですよ。さぁ、焼きあがります。熱いのでお気を付けください」

ルッツがオーブンを開け、鉄板を取り出す。すでに甘い香りが漂っていた厨房に、さらに強い香りが広がった。形の良い丸いクッキーからはナッツの香ばしさも立ち込め、食欲を刺激した。

「幸せの香りがしますわね。素敵な昼下がりの光景が瞼の裏に浮かんできたわ。ルッツのおかげよ！」

「まだ安心するのは早いです。問題は味ですからね？」

「分かっているわよ」

そして粗熱が取れた頃に味見をすれば、きちんと美味しく仕上がっていた。クラウディアは「ルッツがいてくれて良かった」と何度もお礼を言った。

こうして朝から始めたクッキー作りは無事に午前中には終わり、昼食作りの時間には厨房を料理番に返すことができた。

「あとは配るだけですわね。ルッツ、今から各所に渡しに行きますわよ」

「かしこまりました」

部屋ごとに袋詰めしたクッキーを大きなバスケットでまとめたものを、ルッツが当然のようにひとりで抱える。

クッキーを渡すために、ふたりは神官たちの仕事部屋を回る。はじめは恐縮したように出迎えられたが、クッキーを渡すと強張っていた彼らの表情も幾分か和らいだ。反応は上々と言える。

クッキーを配り終えたクラウディアは、上機嫌で私室へと戻った。

「クラウディア様、お疲れ様です」

「ありがとうルッツ。作戦成功よ。また作りたいわ」

聖女の素性を公表してから、クラウディアの仕事は格段に増えた。以前のような自由な時間は減り、頻繁にクッキーを作れるほど暇はない。それでも月に一度くらいはやりたいところだ。

「今日は本当に助かったわ、ありがとう」

クラウディアは全部配らず、ひっそり残しておいたクッキーをルッツに差し出した。

しかし彼は視線をクッキーに向けたままで、受け取ろうとしない。

「ルッツ？」

「ほとんど自分が作った物をお礼に出されても……感謝するのが難しいのですが」

「うっ、確かにそうですわね」

ルッツは暗めの赤い瞳を伏目がちにして、どこか気怠そうに拗ねていた。彼は事件後から素を出すようになり、ふたりきりのときは少し生意気だ。

けれどもクラウディアはそれが少し嬉しかったりしている。距離が縮まったのは、信頼を寄せてもらっている証だと思えるからだ。

それに彼は少々生意気になっても、以前と変わらず尽くしてくれている。

「困りましたわ。わたくしにあげられるものなんて、他に何もありませんわ。ステラ様から頂いたハンカチは、もうお裾分けしましたものね」

「そうですね。今回はクッキーで妥協しましょう。ですが今日はさすがの僕でも、もう腕が疲れてしまっていて……ですね」

「力が必要なところは、全部ルッツがやってくれましたものね」

本当にルッツに頼りすぎていて、申し訳なさが募っていく。

クラウディアはナッツを砕く作業で、握力がなくなったことを思い出した。

ルッツは同じ作業をした上に、生地をまとめ、重い鉄板を何度もオーブンから出し入れし、配るときも重いバスケットをひとりで持っていた。

疲れないはずがない。

「今クッキーを食べたくても、指ひとつ動かしたくない気分と言いますか。食べさせてくれるなら、受け取るのもやぶさかではないと言いますか」

「え？」

思わぬ要望にクラウディアの肩がピクっと跳ねた。

ルッツの表情は相変わらず気怠そうだけれど、暗い赤色の瞳は彼女を真っすぐに見つめていた。

(あのルッツがわたくしに甘えてくれているの⁉　いいえ、単純にクッキーを食べたいけれど、本当に指を動かすのが大変なのかもしれないわ)

クラウディアは包みからクッキーを一枚摘み、ルッツの顔の前に寄せた。

「はい、あーんですわ」

するとルッツは、一瞬だけ面食らった表情を浮かべた。

クラウディアは彼の冗談を真に受けてしまったのかと思い、手を引っ込めようとする。

しかしその前に、クッキーは犬歯をギラッとさせた口に奪われた。その犬歯が彼女の指先に少しだけ触れた。

「むぐ……時間が経っても、きちんと美味しいですね」

「え、えぇ……それは良かったですわ」

なんとか返事をするが、犬歯が触れたところだけ妙に研ぎ澄まされたように感覚が消えない。

ドギマギしてしまい、ただルッツがクッキーを咀嚼する姿を眺める。

「それも頂いて良いんですか？」

ルッツの視線は、引っ込めるタイミングを失い差し出したままのクラウディアの指先に向けられていた。そこにはクッキーがひと欠片残っていた。

そして彼女が返事をする前に、彼は優しくついばむようにクッキーを口の中に受け入れた。次は犬歯ではなく、唇が指先に触れた。

「――っ！」

薄いと思っていたルッツの唇は思ったよりも柔らかく、冷たい表情とは逆で温かかった。残っていた犬歯の感覚が上書きされていった。

疑似ダンジョン踏破のために彼の背にたくさん乗った。イタチの姿だけれども、彼が彼女の肩に乗ったり首に巻き付いたりと、密着することは日常化している。それと比べれば指先なんて、わずかな接触だというのに妙に意識してしまう。

「今の……最後の一口が、一番美味しいかもしれませんね」

ルッツは唇についていたナッツの欠片を親指で拭い、ペロっと舐めた。そこはクラウディアの指先が触れたところだ。

クラウディアの心臓の鼓動が速くなり、一拍一拍しっかりと胸を揺する。

（えっと、どういう意味なのかしら？　最後の一口ってクッキーのこと……よね？）

どうしてか、いつものように素直に聞く勇気が出ない。真意を探るためにルッツの顔を覗き込んだ。

表情はいつもと変わらず乏しくて、何を考えているか分からない。けれども頬がほんの少しだけ色づいているように見えて――彼女の心臓はぎゅっと締め付けられた。

「ルッツ――」

「ごちそうさまでした。すっかり遅くなりましたが、昼食をお持ちいたしますね。お待ちくださ い」

「ねぇ――」

「クラウディア様もお疲れでしょう。本日は特別に甘い飲み物もご用意しましょうね。では失礼いたします」

ルッツは矢継ぎ早に話を進め、クラウディアに質問する余地を与えることなく退室してしまった。何かを隠そうとしているのは明白だった。

しかし彼が戻ってきてから再び質問する勇気が残っているはずもなく、完全にタイミングを失ってしまった。

クラウディアはストンとソファに腰を落とした。手を当てた胸の奥では、今も心臓の音がうるさくてしばらく静まりそうもない。

(どうして急に胸が苦しくなったのかしら。でも、誰に相談すれば良いのか分からないわ。どうしましょう！)

今彼女の周りにいる人間で気軽に相談できる相手は、悩みの原因であるルッツくらいだ。聞けるわけがない。

そんなクラウディアが自身の感情の正体に気付くのは、もう少し未来のこと。

わたし、聖女じゃありませんから

Watashi seijyojya arimasenkara

2

あとがき

この度は『わたし、聖女じゃありませんから』の第二巻を手に取っていただき、誠にありがとうございます。完全書き下ろしで二巻目を発売することができたのは、他ならぬ読者の皆様のお陰でございます。

今だから打ち明けられますが……第一巻ですでに完結していたお話でしたので、二巻目のお話をいただいたときは正直「何を書いたら良いの!?」と慌てたものです。

それでも編集担当者様の助力を受けてネタを考え、初めてプロットを書いて、こうやって世に送り出すことができました。

リーンハルトの病の原因と、どうしてステラだけが彼の病を治せたのかなど、第一巻では明かしていなかった裏設定を、心情も含めて書く機会を持つことができて良かったです！

聖女とは、どのような人物が相応しいのか。能力の強さなのか、救ってきた人の多さなのか、それとも心の清らかさなのか。ステラが聖女をやめたからこそ書けた話でもありました。

聖女でありたいクラウディアの葛藤に、聖女になりたくないステラがどう向き合っていくのか、表現に悩みながら執筆に取り組みました。

「辛いのなら、逃げても良いんだよ」と守ったり、あるいは「ここは私に任せて」とステラを聖女代行として活躍させたりすることもできました。けれども本作で彼女はあえてクラウディアを甘やかさず、背中を押して、一緒に立ち向かうことを選びました。

これはステラが、リーンハルトにしてもらった支え方なんですよね。

第一巻でステラはダンジョンから追放され逃げたあと、仕方なかったとはいえ残していった騎士たちのことが心残りで、どこか罪悪感を抱きながら生きていました。それが解消できたのは再びダンジョンに立ち向かって、当事者として結末を見届けることができたからでした。

もしリーンハルトに全てを任せて安全地帯で待っていたとしたら、責任感の強いステラはずっと負い目を感じたままだったでしょう。

その経験があったからこそ、ステラは積極的にクラウディアを事件の内側に置こうとしたのです。結果クラウディアは聖女として、さらに成長できたのではないかと思います。


そして存在感が濃いにもかかわらず、第一巻であまり活躍させられなかった『東の勇者アーサー』を再登場させることができて、もう思い残すことはありません！

実はアーサーは私自身も好きで、ＷＥＢ版で読者様からも好きと言っていただけたキャラクターでした。そんな彼を、再び表舞台で暴れさせることができて本当に良かったです。

『小説家になろう』では番外編『東の勇者の失恋』を投稿しておりますので、ご興味を持たれた方は是非ご覧くださいませ。

また『わたし、聖女じゃありませんから』は現在、さとうしらたま先生の作画でコミカライズが連載中です！　元気いっぱい笑顔が素敵なステラと、天然っぷりが可愛いリーンハルトと会えますので、そちらも是非とも宜しくお願いいたします。

最後になりますが、ＷＥＢ版完結後も『小説家になろう』で本作の応援をしてくださった読者の皆様をはじめ、今回も素敵なイラストを描いてくださった萩原凛先生など、本の刊行に携わってくださった多くの方に改めて感謝申し上げます。

長月おと

Mf ノベルス

わたし、聖女《せいじょ》じゃありませんから②

2021年9月18日　第1刷発行

著　者　長月《ながつき》おと

発行者　島野浩二

発行所　株式会社双葉社
〒162-8540　東京都新宿区東五軒町3番28号
［電話］03-5261-4818（営業）　03-5261-4851（編集）
http://www.futabasha.co.jp/（双葉社の書籍・コミック・ムックが買えます）

印刷・製本所　三晃印刷株式会社

［電話］03-5261-4822（製作部）
ISBN 978-4-575-24423-6 C0093　